Mai 2010.

COLLECTION FOLIO

Alma Brami

Sans elle

Mercure de France

Nous remercions Alain Veinstein
qui nous a autorisés à réutiliser le titre d'un de ses livres, *Sans elle*.

À tous mes morts
et mes vivants

Moi je m'appelle Léa, et je suis immortelle.

Immortelle, c'est quand on devait mourir à un moment et qu'on n'est pas mort, après c'est fini, on a dépassé la mort, on l'a plantée, elle a pris quelqu'un d'autre à la place.

Je m'appelle Léa… Léa, c'est plein de couleurs, un peu rose, un peu vert, un peu bleu, mais tout pastel… Léa, c'est doux, c'est soyeux.

Je m'appelle Léa, je suis blanche comme du lait. Je m'appelle Léa et je ne peux plus mourir. Même si je voulais, même si je faisais tout pour, je ne peux plus.

D'habitude la mort, elle vit avec nous, elle nous accompagne, elle est devant nous, à côté, autour et puis, un jour, on se rentre dedans, on se cogne à elle, et on meurt. Moi, je me suis cognée à elle, mais je me suis relevée avant qu'elle ne m'attrape et j'ai couru tellement vite qu'elle ne savait plus où j'étais.

Alors ma mort a trouvé quelqu'un pour lui tenir compagnie, quelqu'un d'autre que moi. Depuis j'avance seule, je n'ai plus rien devant, plus rien à côté, plus rien autour de moi, je suis toute seule sans ma mort.

Au début ma mère était contente que j'aie devancé ma mort, mais le problème, c'est que ma mort, elle, elle était furieuse, alors elle a choisi quelqu'un d'autre, pour se venger, elle a choisi ma sœur.

Je ne pouvais pas prévoir, je ne savais pas.

Ma mère, elle était pas contente, elle arrêtait pas de répéter que c'était pas juste, que c'était pas à elle de mourir. Mais j'y pouvais rien moi… Je savais pas que ma mort se vengerait, et puis je croyais que ma mort resterait la mienne quand même, qu'elle me retrouverait juste un peu plus tard, c'est tout. Je ne savais pas qu'une sœur remplace l'autre, je ne savais pas, sinon je n'aurais pas couru, j'aurais accepté… J'aurais accepté.

Solène, c'était la plus belle, c'était la plus douce. Solène elle avait encore plus de couleurs que moi dans son prénom.

Quand ma mère l'a eue, elle était tellement heureuse, qu'elle a dit qu'on l'appellerait Solène, parce que Solène, c'est un bouquet, c'est des pépites de soleil, c'est doux comme de la laine, Solène, c'est lumineux, c'est brûlant, Solène c'est des milliers de paillettes.

Quand ma mort a pris Solène à ma place, j'ai arrêté de courir, j'ai dit à ma mort de me prendre comme prévu, et que c'était juste un jeu, mais ma mort, elle a dit que c'était trop tard, qu'on ne peut pas revenir en arrière et que j'aurais dû y penser avant.

Je suis allée voir Maman et je lui ai dit. Je lui ai raconté. Elle m'a prise dans ses bras très fort et puis j'ai su qu'elle n'avait rien compris parce qu'elle m'a dit « mais elle est où Solène, hein ? Solène, elle est où ? ».

Alors je lui ai tout redit, je lui ai re-tout expliqué et de repenser encore à ça, ça m'a refait pleurer, ça a fait pleurer Maman aussi. Elle pleurait de me voir pleurer et puis elle pleurait pour Solène. J'ai voulu aller dans ses bras, mais y avait pas de place, y avait plus de place pour moi, y avait plus que de la place pour son chagrin.

Au début, il n'y avait plus de place dans ses bras, mais j'avais ma place dans son cœur et sur ses joues pour mes baisers. Et puis très vite, le chagrin a grandi, grandi, grandi, il est devenu immense. Il a rempli tout son corps, plus de place dans le cœur, plus de place sur ses joues, plus de place pour mes bisous, plus de place dans ses cheveux pour que je passe mes doigts, plus de place dans sa main pour une caresse…

Maman est devenue une Dame-chagrin, Ma Dame-chagrin.

J'arrêtais pas de me dire que c'était pas juste, pourquoi quand Solène était là, on avait plein de place pour nous deux, plein, même trop.

Des fois, on voulait être tranquilles, jouer toutes les deux, mais Maman elle voulait pas, elle voulait qu'on fasse la cuisine avec elle, des crêpes, du coloriage, qu'on la conseille pour s'habiller, qu'on la coiffe, qu'on joue avec elle. Maman, elle n'aimait pas être seule.

Alors qu'avant y avait trop de place pour nous deux, là, y avait plus assez de place pour Solène toute seule. Si Maman avait eu deux cœurs, ou quatre mains, ou dix yeux... Eh bien ça aurait été deux cœurs remplis de Solène, quatre mains tendues vers Solène, et dix yeux pour pleurer Solène. C'était moi qui étais seule maintenant. J'aimais pas être seule. Solène me chuchotait de ne pas être triste, qu'elle était là, mais moi je voulais Maman, je voulais ma Maman, je voulais avoir de nouveau trop de place, ne plus savoir qu'en faire. Je voulais sentir son parfum, qu'elle me redise que j'étais jolie.

Maman avait mis des photos dans la maison, plein de photos le lendemain de la mort de Solène, mais pas comme avant. Avant y avait un poster géant de Solène et moi dans le salon, une photo d'elle sur la cheminée, une de moi sur le piano, un dessin de Solène dans la cuisine, un collage de moi dans la chambre de Maman.

Là, y avait plein de photos, des milliers de photos, mais sur les photos, y avait plus que Solène, Solène qui rit, Solène coquine, Solène qui se moque, Solène qui se cache, Solène qui mange… Solène.

Quand j'avais vu tout ça, je m'étais mise à pleurer, puis je m'étais mouchée et j'avais appelé Mamie. Et Mamie, elle m'avait dit de ne plus pleurer, que Maman elle nous aime toutes les deux autant, elle m'avait dit de faire un dessin à Maman, alors j'avais fait un dessin.

Je l'avais offert à Maman, elle m'avait fait un bisou, m'avait dit : « Merci ma puce », mais elle ne l'avait pas accroché. Il n'y avait plus assez de place sur les murs.

J'en avais fait un autre, puis un autre, puis des milliers d'autres. J'avais droit à mon « merci ma puce » distrait ; mais au bout de quelques jours, Maman s'est énervée, elle a crié fort, elle m'a dit que je l'accaparais et que je prenais toute la place… la place…

Quand Solène est morte, Maman a arrêté de me coiffer le matin, elle n'avait plus le temps et plus l'envie. Solène est morte, et moi, j'ai grandi d'un coup. Je suis devenue grande avec un cœur rempli de plein de trucs, de plein de trucs dont je me serais bien passée. J'ai appris à me coiffer toute seule, à aller à l'école toute seule, à pleurer et à me consoler toute seule.

Au début, j'ai cru que je n'y arriverais pas, j'ai cru que je ne pourrais plus vivre, parce que j'ai essayé de me faire ma natte, mais j'y arrivais pas. J'arrivais pas et je me disais que si j'arrivais même pas à ça, alors que j'avais vu Maman me la faire des millions de fois, eh bien que je n'arriverais à rien sans elle.

J'avais des ponts, des épis, ma natte était trop lâche, mon crâne pas lisse, les branches de la natte n'étaient pas du tout égales. J'ai recommencé cinq fois et chaque fois je pleurais un peu plus, j'avais de plus en plus chaud d'avoir les bras en l'air, de m'agiter. Plus j'avais chaud, plus j'étais en colère, plus je sanglotais. J'arrivais à faire une assez jolie natte et puis je me rendais compte que j'avais oublié une épaisse mèche de cheveux. Ou l'élastique tombait par terre et le temps que je le retrouve et que je le ramasse, ma natte était toute redéfaite.

Plus je sanglotais, plus j'avais chaud, plus j'allais être en retard, plus je regrettais avant, alors je me suis lâché les cheveux et je suis allée à l'école.

Tout le monde était très gentil avec moi, trop gentil, trop triste, j'aurais préféré qu'ils ne sachent pas pour Solène, qu'ils ne sachent pas pour Maman, j'aurais préféré avoir une natte, ils se seraient peut-être rendu compte de rien.

C'était bien quand même, parce qu'y avait eu la récré, que j'avais couru comme une folle, que j'avais joué au ballon et que Kévin m'avait prise dans son équipe.

Kévin, ce n'était pas mon amoureux, mais je l'aimais, je l'aimais parce qu'il me faisait pleurer pour de belles choses.

Il adorait les animaux, il avait sauvé un oiseau tombé de son nid, dans la cour. Il l'avait enroulé dans son tee-shirt et l'avait mis dans son casier sous sa table, dans notre classe. Il ne l'avait dit qu'à moi et j'avais pleuré pendant tous les exercices de maths. J'avais pleuré parce que j'avais compris que j'aurais aimé être l'oisillon, que j'avais besoin d'avoir chaud.

Kévin, il était violent avec tout le monde, mais pas avec moi. Il savait qui j'étais et moi, je savais qu'il avait mal. Il comprenait tout, il avait un cœur rempli de plein de trucs dont il se serait bien passé lui aussi. Kévin, il voulait devenir vétérinaire. Il était doux. S'il était violent, c'est parce qu'il était trop doux et qu'il avait trop mal dans ce monde, alors il se défendait.

Kévin, Kévin y a pas trop de couleurs dans ce nom, Kévin, c'est du noir sale, c'est du noir de cave. Kévin, c'est le tableau noir de la classe effacé mille fois, avec plein de traces de craie qui restent. Kévin, c'était mon ami. Dans Kévin, il n'y a tellement pas de couleurs, c'est tellement sombre, c'est tellement sale qu'il n'y a pas d'amour de maman, non plus. Il n'y a que du seul, une main blanche perdue qui n'attrape rien, qui ne caresse rien, qui se fane. Kévin, c'est obscur, mais c'est si doux, Kévin c'était mon ami, c'est mon ami.

Solène, elle me disait qu'un jour je devrais me marier avec lui, que s'il s'occupait si bien des animaux, ce serait un bon papa. Elle a raison, Solène. Kévin, ce sera un bon papa, et moi je serai une super-maman, mais elle ne sera pas là pour le voir.

Si j'ai une fille un jour, je l'appellerai comme ça, Solène.

Et pour qu'elle vienne manger ou faire les devoirs, je chanterai dans la maison, très très fort : « Ma Solène, Solène, Mon Soleil, Ma Merveille, Solène. »

Et à chaque fois que j'appellerai ma fille, c'est ma sœur que je verrai.

Dans la maison, il n'y avait plus de bruit. C'était comme si j'étais sourde. Maman ne parlait pas. Maman se traînait et, toute la journée, elle allumait des bougies, des bougies de toutes les couleurs, des bougies parfumées. Elle les allumait pour Solène, pour la faire briller encore, pour l'illuminer.

Un jour, j'ai été malade et je n'ai pas pu aller à l'école. J'avais beaucoup de fièvre, et après avoir bu de la soupe, je me suis endormie. J'ai senti qu'on me touchait, qu'on me bougeait. J'ai entrouvert les yeux, Maman était penchée sur moi, elle me serrait fort. Elle fermait les yeux, elle pleurait et elle disait : « Solène… Solène… Solène… Solène… Solène… »

À chaque expiration, Solène, à chaque inspiration, Solène.

Dans son souffle Solène-Solène, elle me serrait fort et j'avais mal, je répétais Maman-Maman, je voulais qu'elle se réveille, et plus je parlais plus elle me serrait, elle disait de plus en plus de Solène, de plus en plus fort en souriant. Et moi je pleurais comme une madeleine parce que j'étais heureuse d'être dans ses bras, j'étais tellement heureuse d'être contre elle, de pleurer dans ses cheveux, mais je pleurais aussi parce qu'elle ne se souvenait plus de mon prénom couleur pastel, j'étais effacée. Je me suis tue, alors elle s'est calmée. Elle s'est endormie contre moi et je me suis dit que je ne serais plus jamais malade.

Je répétais Léa-Léa-Léa à chaque inspiration, Léa-Léa-Léa à chaque expiration, Léa-Léa-Léa, je répétais Léa, comme si j'avais peur d'oublier mon nom, d'oublier qui j'étais.

Mes larmes ont réveillé Maman, elle s'est levée sans un mot, elle est allée faire du thé à la cuisine.

Léa-couleur pastel
Léa-indélébile
Léa-rose bleu vert poudrés
Léa-poudre de couleurs
LÉA C'EST MOI.

Quand Solène est partie à ma place, je lui ai juré que je sourirai tout le temps pour elle, que je rirai, que je serai une fille bien. Je lui ai dit que je vivrai pour deux et que quand je n'aurai pas la force de vivre pour deux eh bien je ne vivrai que pour elle.

Quand je respire, c'est pour elle. Quand je

chante, c'est pour elle, mais quand je pleure c'est pour moi, rien que pour moi, et quand je suis méchante aussi, c'est juste pour moi.

La dernière fois qu'on est allés dans la maison de campagne avec Papa et Maman, Solène avait fait de la balançoire tout l'après-midi. Elle disait qu'elle avait l'impression de voler, elle renversait sa tête en arrière. De là où je me trouvais, elle ressemblait à une poupée en chiffon. Sa gorge était très blanche. Elle se tenait fort aux cordes rêches de la balançoire. Et moi, je me disais qu'elle allait se faire mal. Je ne savais pas comment, si elle aurait des ampoules aux doigts à cause de sa façon de se tenir si fort, ou si elle allait tomber de la balançoire... Mais je pressentais le moment où cette joie allait se transformer en chagrin.

Il ne s'était rien passé, elle était descendue normalement, elle n'avait eu mal nulle part... Et je me suis dit que si ce n'était pas juste maintenant, ce serait un tout petit peu plus tard.

Papa nous avait appelées pour qu'on rentre, on avait couru, il nous avait fait tournoyer toutes les deux longtemps, on avait ri comme des fous. Solène criait qu'elle avait le tournis, on se jetait par terre, on se relevait, on se rejetait par terre, on faisait semblant de ne plus avoir aucun équilibre et Papa avait accepté de nous porter, moi sur son dos, Solène dans ses bras. Et nous avons continué de rire, jusqu'à ce qu'il s'écroule. Il était tombé d'un coup. Solène et moi on riait toujours jusqu'à ce qu'on se relève et que Papa, non.

On est restées mille ans sans bouger, comme en apesanteur.

Silence. Silence. Silence. Interminable silence jusqu'à l'arrivée des pompiers. On était reparties le soir même, et on n'était plus jamais retournées là-bas, à la campagne.

C'était la première fois que la mort s'était trompée de personne, ça ne devait pas être Papa ce jour-là… ça devait être Solène.

À partir de ce jour, on avait passé notre temps à écrire et à dessiner pour lui. Maman allait une fois par semaine lui apporter nos créations. Maman disait que ça le réchauffait, qu'il avait moins peur tout seul.

Pendant un an, je me suis posé la question, je me demandais où elle les mettait, est-ce qu'il y avait une fente dans la pierre ?

Est-ce qu'elle lui lisait nos mots, ou est-ce qu'elle lui décrivait nos dessins ?

Est-ce qu'elle les enterrait à côté de lui pour qu'il puisse les voir ?

Pendant un an, j'ai supplié Maman de m'emmener, je voulais parler à Papa directement. Je venais d'avoir sept ans et Maman a cédé.

Alors, j'ai compris ce qu'était une tombe, il n'y avait pas de boîtes aux lettres, pas de place pour enterrer quelque chose à côté à moins de déterrer le cadavre de la tombe voisine.

J'ai vu tous nos dessins et lettres éparpillés partout, délavés d'eau de pluie, sales et boueux, des milliers de feuilles sous les pots de fausses fleurs. Et j'ai compris que Papa ne les avait jamais reçus, que notre amour s'était heurté à la pierre froide, qu'il était resté seul sans savoir qu'on l'aimait. Je me suis mise à hurler de chagrin, à taper Maman, je hurlais que si j'avais su, que si elle m'avait dit qu'il ne recevrait rien, je serais venue moi-même m'enterrer près de lui. Maman m'avait attrapée fort, m'avait serrée. Solène s'était glissée entre nous, on était restées toutes les trois blotties les unes dans les autres, longtemps jusqu'à ce qu'on grelotte de froid. On avait ramassé ce qui restait de papiers collés et je m'étais promis que je ne reviendrais jamais.

Quand Solène est morte, j'ai compris que j'avais gardé la place la moins confortable. La vivante doit être parfaite, elle n'a pas le droit de se plaindre, pas le droit d'être triste, elle doit garder en tête, en permanence, sa condition de vivante. Et quand on a cette place, ne pas faire attention à soi, ou avoir envie de mourir est considéré comme une seconde mort pour celle qui est déjà partie. Le droit d'être en vie devient un devoir, le devoir d'être heureux pour apaiser les souffrances passées. Combien de fois j'ai prié pour revenir en arrière, combien de fois j'ai pensé à ce qui se serait passé si Solène n'avait pas pris ma mort. Est-ce que Solène aurait été dans la même situation que moi ? Est-ce qu'elle aurait manqué de place dans le cœur de Maman ? Peut-être que Solène aurait gardé sa place de préférée, même au-delà de ma mort. Peut-être que ma mort aurait été moins douloureuse pour Maman que ne l'avait été celle de Solène.

Quand Maman est revenue de la maternité avec Solène, elle ne m'avait pas encore dit comment elle s'appellerait ; et moi, mon rêve c'était qu'elle l'appelle Martine, parce que j'adorais les livres de Martine, *Martine à la plage*, *Martine aux sports d'hiver*, mais surtout je ne voulais pas que le bébé me prenne mon « L ». Léa, Léa c'est une aile, Léa c'est ma Liberté. Je voulais que le bébé me laisse ce privilège, qu'elle ne puisse pas s'envoler avec moi.

Je disais à Maman : « C'est beau Martine, y a un "M", Martine c'est comme aimer, c'est comme Maman, c'est joli. »

Maman et Papa m'ont fait asseoir sur le tapis du salon. Ils ont posé le bébé dans mes bras et ils ont chuchoté :

« C'est Solène, c'est la petite Solène, qui c'est qui va aimer Solène ? C'est Léa ! Qui c'est qui va aimer Léa ? C'est Solène ! »

Solène… Son « L » me heurtait, son « L » m'agressait. Elle allait prendre ma place, mes parents, ma liberté.

Pendant plusieurs jours, je n'ai plus pu approcher du berceau. Dès que j'entendais ses cris, je couvrais mes oreilles, Maman n'avait plus le temps de rien, et Papa devait travailler plus parce que « la famille s'est agrandie », disait-il.

Quinze jours après sa naissance, Maman m'a dit de monter dans la chambre voir si Solène était réveillée, il fallait lui donner son bain. Je suis montée, j'ai fait beaucoup de bruit, je voulais que Solène pleure, pour que Maman me crie et ne me demande plus jamais rien. J'ai ouvert la porte méchamment, je me suis approchée du berceau, je m'apprêtais à le bousculer, et là, j'ai vu les immenses yeux de Solène, ouverts. Immenses yeux qui me regardaient. Sa petite bouche faisait des bulles, elle disait des petits bouts de mots qui n'existaient pas et on s'est regardées très longtemps.

Elle m'a souri, et je l'ai aimée d'un coup. Je me suis dit que si elle avait un « L » et moi aussi, à nous deux, on aurait deux splendides ailes pour aller au bout du monde.

Quand Solène est morte, le plus dur a été de comprendre que je ne prononcerais plus son prénom, qu'il était mort en même temps qu'elle. Je disais Solène pour moi, il ne sonnait plus pareil, il sonnait d'absence et de chagrin. Perdre Solène, perdre cette lumière, perdre le projet de s'envoler avec elle.

Au début, je me suis dit que si Maman souffrait de l'absence de Solène, j'allais pouvoir la remplacer.

C'était cinq jours après la mort de Solène. Je suis rentrée de l'école et j'ai dit à Maman de m'appeler Solène, que j'étais capable de devenir elle. Maman a pleuré, elle a dit que c'était pas possible et je lui ai dit que si. « Regarde, appelle-moi Solène pour voir ! »

En pleurant, elle a répondu : « Solène... »

Je me suis mise à rire et à sauter partout, comme le faisait Solène. J'ai serré Maman et je me suis mise à chanter « Nagawika le petit Indien ». Maman hurlait pour que j'arrête, moi je ne voulais plus, j'étais bien dans Solène, je me sentais si libre, j'avais retrouvé ma voix. Maman m'a donné une claque et je me suis mise à pleurer.

« C'est trop tard Léa, c'est trop tard, c'est toi qui vis, pas elle, faut qu'on s'y fasse. »

Je suis allée dans ma chambre, j'ai pris le doudou de Solène, je me suis couchée dans son lit serré, et j'ai pleuré jusqu'au lendemain. Maman n'est pas venue me voir, elle pleurait aussi.

Après je n'ai plus chanté. Tout ce que je faisais, j'avais peur que Maman croie que j'imitais Solène, alors je suis devenue transparente.

Maman ne l'a pas remarqué.

Maman faisait des crêpes tout le temps, elle ne faisait plus que ça, mais je n'avais pas le droit d'en manger beaucoup. On devait en laisser à Solène, qu'elle sache qu'on pensait à elle et qu'elle nous manquait. Même si j'avais très très faim, je n'avais pas le droit de tout manger, pas le droit de finir le pot de Nutella, de finir la confiture, au cas où…

Je ne supportais plus les crêpes, je ne supportais plus de manger, alors j'ai arrêté. J'ai arrêté parce que je ne supportais plus les crêpes, mais aussi pour que Maman se rende compte que si je ne les mangeais pas, personne ne les mangerait. Maman a arrêté de faire des crêpes et elle n'a plus mis les pieds dans la cuisine.

Au début, je mangeais ce qu'il y avait dans le frigo, dans les placards, mais Maman ne faisait plus les courses, alors il n'y avait plus rien à manger.

À la cantine, c'était génial, je mangeais tout ce que je voulais, tout ce que mes copains ne voulaient pas, ils me le donnaient, je mangeais de 11 h 30 à 13 heures, non-stop, je me régalais, même ce que je détestais finissait par me plaire. À la fin de chaque repas, j'allais prendre du pain et je remplissais mon cartable. Kévin m'aidait, il remplissait son sac aussi et, à 16 h 30, il me donnait tout. Des fois, il ne mangeait pas son yaourt et il m'en faisait la surprise après la classe. C'était génial de partager ça avec lui, je savais qu'il ne le dirait à personne. Je trouvais ça drôle de devoir faire ça. J'avais l'impression d'être dans un film policier où on fait des choses interdites, très dangereuses. Chaque soir, je rentrais et je déposais tout le pain sur la table pour que Maman grignote aussi.

Un jour, Kévin a oublié de me donner le pain et tout ce qu'il avait pris pour moi, il est rentré chez lui, son cartable plein. Le lendemain matin, il avait complètement oublié. Il n'avait pas ouvert son sac la veille. La maîtresse était furieuse contre lui, il n'avait pas fait ses devoirs. Elle a dit : « Être un bon élève commence en étant organisé, montre-moi ton cahier de textes. »

Kévin a ouvert son cartable.

Et le pain jaillit de tous côtés, des morceaux roulent sur le sol, la maîtresse reste interdite, elle ne comprend rien, tous les élèves rigolent, la maîtresse hurle sur Kévin et moi je me lève et je dis que c'est de ma faute, la maîtresse ne m'écoute pas, je crie que c'est à cause de moi, elle me dit de me taire, je pleure, Kévin doit aller dans le bureau de la directrice parce qu'il ne veut rien expliquer à la maîtresse, je continue de pleurer, je dis que c'est à moi d'aller chez la directrice, la maîtresse me dit de me calmer, je lui hurle que je ne me calmerai pas tant qu'elle ne m'écoutera pas, elle décide de convoquer ma mère.

Comme Maman ne pouvait pas, c'est Mamie qui est venue, la maîtresse voulait que je sorte dans la cour, le temps qu'elles parlent. Mamie a dit non, que j'étais assez grande pour entendre ce qu'on pensait de moi. La maîtresse a dit des horreurs, avec une voix doucereuse, on aurait dit un scalpel. Pendant tout le rendez-vous, elle m'a tailladée délicatement. Elle disait que depuis la mort de ma sœur j'étais devenue bizarre, que je n'avais plus la même tête et que je pleurais souvent, elle a dit que quand je riais, je riais trop fort, que j'étais un peu trop proche de Kévin et que ce n'était pas forcément une bonne fréquentation, elle a dit que ma mère n'avait pas l'air de s'occuper de moi, que je n'étais plus coiffée le matin et que mes habits n'étaient pas toujours très propres. Et puis elle a dit que Kévin avait volé du pain de la cantine, qu'il n'était pas net ce gosse et qu'il ne fallait plus que je reste avec lui. Mamie l'a laissée beaucoup parler, elle avait le visage fermé, elle hochait la tête, et elle me serrait fort la main pour que je ne pleure pas.

Elle lui a répondu que c'était gentil de se soucier autant de moi et de toute la famille, que de perdre sa sœur ce n'était pas une partie de plaisir et que si on m'enlevait mon seul ami, on n'avait qu'à me tuer aussi. Elle a ajouté que ma mère était en dépression et que je devais faire au mieux. Elle a dit que j'avais besoin d'aide et de soutien et pas d'une méchante prof antipathique. Elle lui a dit de s'occuper de ses affaires et, avec un énorme sourire, elle a fini par : « Quand on fait ce métier, ça devrait être par amour des enfants et non pour aimer les humilier, sur ce, bonne soirée madame ! » Mamie me tenait fermement, elle marchait vite, très vite, j'avais l'impression de voler.

On s'est arrêtées dans un café, elle m'a dit de commander ce que je voulais. J'ai pris un sandwich au poulet et un diabolo, et elle m'a regardée manger. Comme elle m'observait, je mangeais lentement, le plus parfaitement possible. Elle m'a souri longtemps et puis elle a commencé à parler.

« Ma Léa, n'écoute pas les vilaines choses que cette pauvre imbécile de prof a pu dire, n'écoute pas. Ma Léa, tu es la petite fille la plus exquise qui soit, tu es formidable.

« Jusqu'à hier, je ne savais pas que ta mère était

si mal, tu t'en es bien sortie ma Léa, tu as été formidable. Crois-moi, aucune autre fille à ta place aurait eu le tiers de ton courage. Je suis passée voir ta mère, j'ai vu la maison, j'ai compris… Mange ma Léa, tu peux m'écouter et manger en même temps, n'est-ce pas ? Hein ? Bon… Ma petite, les choses vont devoir changer, c'est ce que j'ai dit à ta mère. Qu'elle soit très mal, c'est une chose, mais elle n'a pas le droit de te l'infliger. Donc ma Léa, si tu es d'accord, on a décidé ta mère et moi que tu viendrais t'installer à la maison pendant un moment, le temps que ta mère aille mieux.

« Une autre chose ma Léa, quand je te disais que ta mère t'aimait, je ne te mentais pas, elle t'aime plus que tout, mais sa tristesse cache son amour. Elle va être aidée et son chagrin mis de côté, elle redeviendra ta super-Maman. Qu'est-ce que tu en penses ma princesse ? »

J'ai avalé ma bouchée et je lui ai dit que je ne voulais pas laisser Maman toute seule, que la maison serait trop triste sans moi et qu'elle serait encore plus mal. Je lui ai dit que si je ne vivais plus avec elle, je ne pourrais plus ramener du pain et qu'elle mourrait de faim. Mamie a répondu « c'est donc ça, le pain dans le cartable de Kévin », j'ai balbutié un non, Mamie a ri, s'est levée, m'a serrée fort contre elle. « Ne t'inquiète pas ma Léa, ta mère ne restera pas toute seule, elle va passer quelque temps dans un endroit où des médecins s'occuperont d'elle, pour qu'elle réapprenne à vivre, et moi je m'occuperai de toi pour que tu réapprennes à être heureuse! Depuis quand on ne t'a pas dit de jolies choses, hein ma Léa? Je t'aime, tu es merveilleuse, je suis fière d'être ta grand-mère.»

Là, je me suis mise à pleurer comme une madeleine, elle m'a serrée dans ses bras, j'ai pleuré dans son parfum, contre sa peau. Et c'était si bon, j'aurais aimé avoir des réserves infinies de larmes.

Le lendemain, j'ai pris le doudou de Solène et je suis partie chez Mamie. Maman ne m'a pas dit au revoir, elle pleurait en allumant une bougie. Je voulais lui faire un câlin, mais elle n'avait pas le courage. Elle ne m'a pas regardée. Mamie lui a dit de faire bien attention à elle, et qu'on avait hâte de la retrouver. Maman n'a pas répondu, elle n'a pas réagi, comme si elle n'avait pas entendu.

Moi, je serais restée plantée là jusqu'à ce qu'elle fasse quelque chose, mais Mamie m'a prise par la main et on est sorties.

Sur le chemin, dans le bus, Mamie n'arrêtait pas de me parler, elle énumérait tout ce qu'on allait faire. Moi je n'écoutais pas, je n'arrêtais pas de me poser des questions. Pourquoi Mamie n'était pas venue plus tôt? Pourquoi elle n'était pas venue s'installer à la maison avec Maman et moi?

J'avais mal dans mon cœur d'imaginer Maman toute seule devant ses petites bougies. Qu'est-ce qu'elle allait faire maintenant? Je savais qu'elle allait errer dans la maison silencieuse. Je ne serais plus là pour faire un peu de bruit, je ne serais plus là pour lui donner de la vie. Elle serait toute seule, dans ce grand cercueil. Je ne serais plus là pour l'en sortir.

Je me suis tournée vers Mamie et je lui ai dit que je voulais rentrer. Elle a dit c'est normal que tu aies le cafard, je lui ai répondu que c'était pas le cafard, que je n'avais pas le droit de laisser Maman comme ça. Mamie m'a dit qu'elle s'attendait à cette réaction. Elle a voulu prendre ma main, j'ai refusé et je lui ai redit que je voulais rentrer tout de suite. Les gens nous regardaient, Mamie leur lançait des sourires pour qu'ils ne s'inquiètent pas. Elle usait de sa voix toute douce et ça m'irritait. Je ne voyais que Maman toute seule, dans un monde en noir et blanc, devant ses bougies parfumées, si seule. Je me suis mise à parler beaucoup plus fort et Mamie disait :

« Ma Léa, c'est normal que tu aies du chagrin, moi aussi j'en ai, mais ça n'aidera pas ta mère de te rendre malheureuse, de te priver de joie. Regarde, elle ne s'occupe plus de toi, tu as peur pour elle, tu comprends ? Il te faut de l'amour, ma douce, il te faut quelqu'un sur qui tu puisses te reposer jusqu'à ce que ta mère aille mieux.

— Je n'ai pas besoin de me reposer, et Maman aussi a besoin d'amour, je veux Maman, JE VEUX MAMAN ! Je veux être dans ses bras tout de suite, je regrette d'avoir dit oui pour venir avec toi, je veux Maman, je veux retourner à la maison. »

Mamie était désemparée, elle m'a dit d'accord, qu'on allait descendre du bus, parler à tête reposée, et qu'on prendrait la meilleure décision.

On s'est retrouvées dans un petit café qui sentait fort la cigarette. Le patron a dragué Mamie, il m'a caressé la tête et ça m'a dégoûtée. On s'est mises dans un coin. Mamie avait l'air triste. Ça me faisait mal, mais tout de suite après je pensais à Maman, et je n'avais plus du tout de chagrin pour elle.

Mamie m'avait proposé de dormir chez elle, le soir, et que le lendemain, après le petit déjeuner, elle me ramènerait à la maison, comme ça, j'avais un moment pour réfléchir à ce que je voulais vraiment faire.

J'ai dit non non non, et puis après j'ai dit oui. J'étais fatiguée et je me sentais toute sale de cet endroit enfumé et plein d'hommes qui dévisageaient Mamie.

On a repris le bus. Mamie ne parlait plus, elle essayait d'être tendre avec moi. Tous ses gestes m'énervaient, mais je sentais que mon rejet abîmait Mamie, et ça me rendait si triste que j'étais en colère contre moi.

Quand on est arrivées chez Mamie, je lui ai demandé qu'on appelle Maman pour lui dire. Mamie a eu l'air embêtée, mais comme j'ai insisté, elle a dit d'accord, elle a composé le numéro, puis elle a dit que ça ne répondait pas, que Maman devait dormir. J'ai eu tant de peine, j'imaginais Maman recroquevillée sur son lit, les cheveux collés de larmes. Je m'en voulais d'être chez Mamie.

Mamie a dit que c'était pas grave, qu'on rappellerait plus tard et qu'une soirée c'est pas long. Elle a voulu faire des crêpes pour fêter ma venue chez elle, j'ai hurlé « non pas de crêpes », elle n'a pas compris pourquoi, elle a ajouté « tu adorais ça avant, c'est bizarre ». Elle m'a demandé ce que je voulais, j'ai répondu « du poisson et du riz », elle m'a regardée très surprise et j'ai hoché la tête pour appuyer mon envie.

« J'ai beaucoup à réapprendre de toi ma Léa. »

On est descendues faire les courses.

À l'épicerie, tout le monde connaissait Mamie, tout le monde était gentil avec moi, et plus ils semblaient gentils, plus je me sentais devenir odieuse.

« Ah c'est elle la petite Léa, oh je te comprends Reine, elle est A-DO-RABLE… elle veut un bonbon Léa ? Non ? Oh, elle est si mignonne quand elle dit non ! »

Tout ce que je faisais était « ADMIRABLE » et ma colère montait.

Mamie m'exhibait comme un animal qu'on vient d'acheter. J'étais là, mais personne ne s'adressait à moi, on disait « elle » comme si je ne savais pas parler.

Mamie pavoisait dans les rayons, fière et digne, elle parlait fort :

« Prends ce que tu veux ma chérie, TOUT ce que tu veux ! »

Le regard des gens servait son orgueil. Elle marchait lentement, la tête bien droite. Son chapeau en fourrure comme une couronne.

Elle me disait que j'avais le droit à tout, le droit de goûter à tout, que j'étais sa petite chérie. Mon ventre était noué, plus envie de rien, tout m'écœurait, j'avais envie de Maman et de manger du pain de la cantine.

Ça a duré des heures cette mascarade de la magnifique femme généreuse et de sa pauvre petite-fille sauvage.

Je me rendais compte que plus je haïssais Mamie, plus j'aimais Maman, plus je lui pardonnais son chagrin.

Je me rappelle de Solène qui imitait Mamie, elle mettait sa bouche en cul-de-poule et elle prenait un accent bourgeois. Elle bougeait les mains dans tous les sens pour faire briller les nombreuses bagues qu'elle n'avait pas ; et moi je riais, même si je trouvais que ce n'était pas du tout ressemblant. Mais là, le déclic : Mamie n'était plus que cette caricature ridicule que faisait Solène.

Je pensais à Solène et je me disais qu'on aurait tellement ri ensemble dans ce magasin, qu'on aurait eu envie de tout acheter, qu'on se serait battues pour les petits gâteaux, et pour les boissons sucrées. On aurait couru partout, répondu aux admirateurs de Mamie, qu'on aurait marché derrière Mamie en dodelinant de la tête, très droites, sans qu'elle s'en aperçoive.

En quelques heures, j'étais passée d'un amour pour ma grand-mère, la sensation qu'elle était en train de me sauver, à la terrible certitude qu'elle se servait de moi pour se rendre belle.

J'entendais le rire de Solène, ce rire qui m'aurait donné tellement de force pour que j'impose mes envies. Je revoyais Solène, qui sautait partout, qui se faisait gronder par Maman, alors elle faisait sa tête de crie-pas-je-n'ai-rien-fait-je-regrette-je-t'aime-Maman-je-t'aime.

Maman se calmait vite, retournait au Caddie et Solène me faisait un immense sourire, comme pour me dire « échappée belle, encore une fois ». J'étais admirative de son énergie et de son culot. Elle faisait ce qu'elle voulait quand elle voulait. Elle était assez chipie pour n'en faire qu'à sa tête, et assez formidable pour qu'on lui pardonne ses défauts. Solène avait toujours mille idées à la seconde, et elle ne se vexait pas si je lui disais qu'elles étaient toutes nulles, elle en cherchait une mille et unième qui serait meilleure, et qui me convaincrait.

Je me sentais si petite sans elle, je n'étais plus la grande sœur, je n'étais qu'une fille unique, seule et terne, ni petite ni grande, sans âge, sans joie.

Mamie profitait de mon chagrin pour se permettre n'importe quoi. Si Solène avait été là, j'aurais été son bouclier. La protéger me rendait tellement forte. Là, de n'être plus le bouclier de personne, je ne savais même plus me protéger moi-même, et je laissais Mamie se pavaner comme un paon, et se servir de sa petite-fille pour se valoriser.

La caissière m'a dit :

« Avec toutes ces bonnes choses, vous allez vous régaler, elle est gentille Mamie Reine avec toi, hein ? »

Mamie Reine… Mamie Reine… rien de plus ridicule. Je suis sortie du magasin sans répondre, et j'ai entendu Mamie dire : « Oh, à cet âge-là vous savez, les enfants c'est têtus et difficiles, mais bon, je prends sur moi. »

Elle a fait sa tête de victime et j'ai eu envie de courir sans m'arrêter loin, loin, de m'envoler vers Solène.

Mamie m'a rejointe dehors, alors elle est redevenue normale. Dès que son public n'était plus là, elle redevenait ma Mamie que j'aime. Mais je ne me suis pas laissé amadouer.

Je lui ai dit qu'une nuit ce serait trop long, et j'ai exigé de rentrer tout de suite. Solène me soutenait, je la sentais gambader dans mon cœur et rire dans ma tête. Mamie a eu l'air très surprise, elle m'a dit : « On dépose les courses à la maison et après on y va. »

J'ai dit : « Y a rien à manger chez Maman, on lui apporte les courses, ça lui fera plaisir. »

Mamie était embêtée, elle n'a pas répondu et on est allées déposer les courses chez Mamie.

Elle m'a mise devant la télé pendant qu'elle rangeait les courses. J'ai attendu longtemps, très longtemps, mes yeux se sont fermés un peu. Je suis allée dans la cuisine et j'ai dit : « Alors, c'est quand qu'on y va ? » Mamie a répondu : « Le poisson est bientôt prêt, on mange et après on y va. »

J'ai dit non, que ce n'était pas ça le pacte, que c'était méchant ce qu'elle faisait. Je me sentais piégée, je me suis mise à pleurer sur le pas de la porte de la cuisine, Mamie n'a pas vu, la friture faisait trop de bruit.

Je suis allée ramasser mes affaires, le doudou de Solène et deux trois habits. Et je suis sortie de la maison. Je ne savais pas ce que j'allais faire, c'était la nuit et j'avais peur, mais il n'était pas question que j'abandonne. J'imaginais la tête de Mamie quand elle s'apercevrait de ma disparition, et ça me faisait rire, puis ça m'a rendue triste et je me suis dit que si Mamie avait fait tout ça, c'est qu'elle m'aimait beaucoup, et qu'elle voulait rester avec moi. Alors je suis remontée. J'ai sonné à la porte. Mamie a mis du temps à venir, puis elle a ouvert, elle m'a prise dans ses bras et on est allées dîner.

On a passé une soirée magnifique, elle m'a prêté un de ses châles tout doux. Je me suis emmitouflée dedans après le dîner.

On s'est installées toutes les deux devant la télé, dans le canapé moelleux. Je me suis blottie dans Mamie et c'était génial. On a regardé une émission absurde, on avait bien chaud, et dès que je ne comprenais pas quelque chose, je demandais à Mamie et elle m'expliquait tout.

On est restées des heures comme ça. Pour me rassurer, je me disais que Maman devait être contente que j'aille bien et que je sois heureuse. Et puis j'arrêtais pas de me dire que j'apporterais des croissants demain matin à Maman, qu'on prendrait le petit déjeuner toutes les trois et que la vie allait être belle. À chaque fois que je pensais au lendemain matin, j'avais chaud de bonheur.

On s'est couchées tard, on a bien profité de notre soirée. J'ai fait des cauchemars toute la nuit, je rêvais que Maman mourait, on venait me dire à l'école que Maman était morte et je n'avais pas le droit de sortir de la classe, je devais finir les exercices, et le pire, dans mon cauchemar, c'est que je n'arrivais pas à pleurer, mes larmes étaient coincées en moi, et j'avais peur qu'on croie que je n'étais pas triste.

Je me suis réveillée toute patraque, un goût amer dans mon cœur. Je me suis habillée vite et je suis allée rejoindre Mamie.

Elle dormait encore et elle a grogné quand je suis entrée dans sa chambre. Elle m'a dit d'attendre, qu'il était très tôt. Je me suis assise sur son lit et je lui ai répondu : « Alors quand ? » Elle a murmuré : « Quand la petite aiguille sera là et la grande ici tu pourras me réveiller. » J'ai dit non, que c'était dans trop longtemps, je lui ai dit : « C'est tout de suite, c'est maintenant, je veux voir Maman, réveille-toi ! »

Mamie a crié que j'étais chiante, que c'était pas possible d'être aussi chiant. Elle était décoiffée, un épouvantail, on était bien loin de la dame de l'épicerie. Elle a dit que ma mère avait bien du courage pour me supporter, elle s'est levée d'un coup, a ouvert son armoire, a pris une tenue sur un cintre, et elle s'est enfermée dans la salle de bains.

Je suis restée très triste sur le lit de Mamie, je me sentais coupable de l'avoir ennuyée, et en même temps, je me disais qu'elle l'avait bien cherché, que j'avais été gentille avec elle depuis hier mais là, fallait que je voie Maman.

Elle est sortie de sa douche, toute belle, maquillée et parfumée. Elle sentait le jasmin sucré, un parfum de Maman plus que de Mamie. Elle souriait, elle m'a dit : « Tu viens ma Léa ? » avec sa voix aussi douce que son odeur, comme s'il ne s'était rien passé quelques minutes avant. Je lui ai donné la main et on a repris le bus dans l'autre sens.

On est passées à la boulangerie. On est montées à la maison, tout était noir, les volets fermés, j'ai couru dans la chambre de Maman, elle n'était pas là. J'ai couru dans toute la maison, Maman était adossée à la porte de la salle de bains, près du radiateur. Les yeux vides. Je me suis assise près d'elle, sans parler. On entendait le bruit des talons de Mamie, sur le carrelage de la cuisine, j'ai serré Maman du mieux que j'ai pu, même si j'étais toute petite à côté d'elle.

Elle a penché sa tête vers la mienne très lentement, ses cheveux se sont mélangés aux miens, mon amour pour elle est devenu immense. Je ne voulais plus bouger. Je l'entendais respirer lentement, comme un petit animal qui va s'endormir. Sa tête se faisait plus lourde sur la mienne, elle m'offrait sa confiance.

Mamie trépignait, le bruit de ses pas devenait plus fréquent, elle devait être en train de tourner en rond et de se demander ce qu'on fabriquait. Elle m'a appelée une fois, je n'ai pas répondu, je savais que ma voix aurait fait sursauter Maman.

Elle m'a appelée une deuxième fois, Maman a levé la tête. J'en voulais à Mamie de me gâcher ce moment.

Maman m'a demandé : « Qui est là ? » J'ai dit : « C'est Mamie, on va prendre le petit déjeuner toutes les trois. » Maman m'a répondu avec sa toute petite voix d'enfant fatiguée : « Fais-la partir, je ne veux pas la voir. »

Je me suis sentie forte de la mission qu'elle me confiait, moi aussi je voulais que Mamie parte pour rester seule avec Maman.

Je me suis levée doucement, je suis sortie de la salle de bains, mais une fois dans le couloir, j'ai eu des remords. Comment j'allais expliquer ça à Mamie ? J'allais la rendre triste. Alors qu'elle avait acheté les croissants, j'allais lui dire de partir toute seule, sans avoir mangé. J'étais en train de me poser plein de questions, quand Mamie m'a surprise : « Bah t'es là toi ? ça fait deux fois que je t'appelle, et elle est où ta mère, hein Léa, elle est où ? »

Je ne répondais pas alors elle a ajouté : « Elle ne veut pas me voir, c'est ça ? Elle fait encore ses enfantillages, et c'est toi qu'elle envoie, c'est ça ? Ma pauvre Léa, t'es pas gâtée d'avoir une mère comme ça. » Elle m'a serrée contre elle, je n'avais pas envie. Je trouvais ses mots violents, la douceur de ses gestes à mon égard a intensifié la douleur que m'avaient provoquée ses paroles. Je me suis laissé faire pour que ça dure moins longtemps. Mamie a mis sa toque en fourrure, elle a jeté un œil sur son apparence dans le miroir de l'entrée, elle s'est souri, puis elle a crié à Maman en me regardant : « Bravo ma fille de te montrer si faible, envoyer ta môme pour que je dégage ! Je t'aurais crue un peu plus forte que ça et que tu aurais su me dire les choses en face, enfin, rien ne s'arrange, tu abîmes tout, tu pourris la vie de tous ceux qui t'aiment, tu devrais voir ta fille dans quel état elle est, elle a peur pour toi, on dirait que c'est elle la mère ! »

Mamie me fixait, comme si elle voulait que j'acquiesce, que je sois son témoin. Elle m'a dit en parlant très fort : « C'était bien ma Léa hein ? on se le refera ! Allez, bon courage, tu en as bien besoin ! » Grand sourire, et puis elle a claqué la porte. Je suis restée bête, sans bouger, j'avais mal partout à l'intérieur de moi, les empreintes de Mamie sur moi me brûlaient. Avoir été dans ses bras la nuit d'avant me couvrait de honte. J'avais abandonné Maman, j'étais partie avec l'ennemi.

Je suis retournée dans la salle de bains, lentement, toute penaude. Maman avait la tête dans ses mains, elle n'avait pas bougé. Je me suis accroupie en face d'elle, je l'ai entourée de mes bras et je lui ai dit que je regrettais et que j'espérais qu'elle pourrait me pardonner un jour. Je lui ai dit que j'avais pensé à elle tout le temps, que je voulais rentrer, je lui ai dit que je ne la quitterai plus jamais, et puis j'ai ajouté que j'avais faim et que je voulais qu'elle mange avec moi. Elle n'a rien répondu. Je suis allée chercher un de ses gilets en laine, je lui ai posé sur ses épaules, le carrelage était tout froid. Je suis allée dans la cuisine mettre les viennoiseries dans une assiette, et je suis retournée dans la salle de bains, j'ai ouvert les bras de Maman. J'ai fait juste assez de place pour moi entre ses jambes, j'ai pris l'assiette sur mes genoux. Elle m'a acceptée en elle, elle a pris un petit pain au chocolat dans sa main, elle l'a porté à sa bouche. Les miettes se posaient dans mes cheveux et sur mes épaules. J'ai pris un chausson aux pommes et on a mangé sans parler, faisant des miettes, elle sur ma tête, moi sur ses bras et mes jambes. On se concentrait sur le bruit de nos bouches, j'essayais de mâcher au même rythme qu'elle, pour ne pas la déranger.

On a fini toute l'assiette, il y avait des miettes partout, on avait toutes les deux les mains très grasses, mais ni elle ni moi ne voulions bouger, alors on est restées longtemps comme ça. Maman a plongé son visage dans mes cheveux pleins de pain au chocolat, elle s'est mise à ronronner comme si elle allait s'endormir. Je n'étais pas dans une très bonne position, mon cou était tout tordu, ma tête comprimée… Mais son calme était tellement doux pour moi que la douleur n'était plus importante.

Je me souviens de l'odeur de Papa et de ses fossettes.

Il adorait chanter, il chantait mal, mais il y mettait tout son cœur. Ça faisait rire Maman, elle lui disait d'arrêter, mais il savait qu'il devait continuer, qu'elle adorait ça, et plus elle criait : « Mais c'est pas possible, il nous casse les oreilles, hein les filles ? C'est insupportable… non vraiment votre père… », plus il ouvrait grand la bouche, et toute la maison résonnait de sa grosse voix. Maman mettait ses mains sur sa tête « les voisins doivent nous haïr, bon Dieu arrête Paul, arrête, je t'en supplie » et elle riait, et nous on riait avec elle. Papa arrêtait, répondait : « Qu'est-ce que tu m'donnes pour que je me taise ? » Maman, très fière, disait « Rien », et Papa rechantait encore plus fort, avec des éclats de rire dans sa gorge. Solène et moi, on hurlait : « Donne-lui un bisou, un bisou ! »

Maman prenait son air faussement buté : « Je ne céderai pas au chantage, qu'il s'égosille encore, il finira par être aphone ! » Et nous, de plus belle : « Un bisou ! Un bisou ! »

Solène se mettait à chanter, encore plus fort que Papa et encore plus faux, et Maman cédait, elle appliquait un immense baiser sur la bouche de Papa. Dès qu'elle s'éloignait, il se remettait à chanter pour qu'elle se recolle à lui. Comme ça plusieurs fois, jusqu'à ce qu'elle reste assez longtemps sur ses lèvres et qu'il en oublie sa chanson. Solène continuait à piailler dans toute la maison, à chanter faux et à gesticuler, et moi je pensais qu'il ne faut pas mourir avant d'être amoureux.

Un soir, Papa n'est pas rentré, j'entendais Maman pleurer, j'ai réveillé Solène, et on est allées se coucher dans son lit, contre elle. Elle a arrêté ses larmes tout de suite et on passé toute la nuit à parler. Moi, je racontais Kévin, Solène parlait de Franklin, un de ses trois amoureux, et Maman nous racontait comment elle avait rencontré Papa. Toute la nuit, presque dans le noir, à rigoler comme des folles. On s'est endormies et le matin, Papa n'était toujours pas là. Alors Maman a recommencé à pleurer, elle a appelé Mamie pour qu'elle vienne nous chercher. C'était un mercredi et on est restées toute la journée avec Mamie dans les rues de Paris. Elle m'a offert un petit agenda rouge avec un minicrayon doré, et à Solène, une plaquette d'autocollants pailletés. On est allées au restaurant et au cinéma. Une journée dans un froid glacial d'hiver et magique comme à Noël. Le soir, Mamie nous a déposées en bas de la maison. Maman et Papa nous attendaient en haut. Ils nous ont dit d'aller dans la cuisine. On s'est assises. Maman était debout les mains derrière le dos, appuyée contre le frigo, et Papa était assis, la tête dans les mains, au bout de la table.

Solène me tenait fort la main, elle me rentrait ses petits ongles tout mous dans ma peau, et je la laissais faire. Ça m'apaisait autant qu'elle.

Maman a dit : « Parle Paul, raconte ce que t'as fait, allez, raconte, dis à tes filles ce que tu faisais cette nuit pendant que je pleurais. »

Papa ne levait pas la tête, il me rendait tellement triste que j'ai dit que Maman avait un petit peu pleuré, mais qu'on l'avait consolée, qu'on s'était raconté des trucs, et que c'était bien quand même, drôlement bien même.

Papa a levé les yeux, il avait les cheveux tout ébouriffés : « Bon les filles, il a dit avec une voix toute tremblante, j'ai fait une bêtise. »

Solène s'est levée, elle a couru, elle s'est jetée contre lui, elle s'est mise à pleurer en faisant bouh bouh, comme dans un dessin animé, Papa l'a serrée fort et ça lui a donné la force pour continuer à parler : « Vous pouvez comprendre les filles, vous êtes grandes… j'ai joué toute la nuit. »

Moi je ne comprenais pas où était la bêtise.

« J'ai joué de l'argent avec des amis, beaucoup d'argent. »

Maman mordillait ses lèvres, Solène reniflait

dans le cou de Papa, et moi je regardais Papa sans rien comprendre.

« J'ai perdu beaucoup d'argent… beaucoup. »

Il a enfoui son visage dans les cheveux de Solène, et il a sangloté. Je suis allée vers lui, j'ai posé ma tête dans son cou et j'ai chuchoté : « Faute dite, faute oubliée, pas vrai Papa ? C'est vrai, hein ? Quand j'ai dessiné sur le mur du salon, c'est ce que tu m'as dit. »

J'ai regardé Maman, elle est sortie de la cuisine, elle est revenue quelques minutes plus tard et elle a dit : « On dit "pardonnée" Léa, "pardonnée", "faute avouée, à moitié pardonnée", "à moitié" Léa. »

Comme je restais collée à Papa, elle a souri, et elle a ajouté : « Faute avouée, faute réparée, faute du passé… Paul ? On va réparer ensemble. D'accord les filles ? »

On s'est tous assis autour de la table de la cuisine. Solène et moi on s'est regardées, on est allées chercher nos tirelires, et on les a posées devant Papa. Maman a dit merci les filles, Papa a baissé la tête et on est allées regarder la télé.

Les premiers jours où je suis allée à l'école toute seule, j'avais froid en moi, un froid immense. Je regardais la lumière chaude des appartements de la rue, j'observais chaque fenêtre, et j'avais encore plus froid.

J'imaginais une famille, la mère fraîche et parfumée, les enfants autour de la table de la salle à manger, en train d'engouffrer du pain et du Nutella, j'imaginais le jus d'orange venant d'être pressé, le père qui sifflote, en train de se préparer.

Du froid du trottoir, je sentais la chaleur palpable, je pensais à leur force que je n'avais plus et ma gorge se serrait.

Chaque appartement me contait une histoire, qui amplifiait ma solitude. J'avais la sensation que mon âme fondait dans mon corps, que ma peau devenait molle comme le crâne d'un bébé et que n'importe quel petit détail aurait pu me déchirer.

Je sanglotais toute seule sur le chemin de l'école. Je me disais que moi aussi, un jour, j'aurais un appartement aux couleurs vives avec une chaleur palpable et du jus d'orange pressée.

Mon chagrin devenait insuportable quand j'arrivais devant l'école. Les parents, en train d'embrasser leurs enfants, en train de porter les cartables, en train de faire des projets pour le goûter à 16 h 30. Il y avait toujours une mère qui sentait bon, ou un père avec des fossettes pour me faire une caresse sur la tête en me disant un « ça va Léa ? » trop sucré, et je fondais en moi encore plus. Mes os gelaient, prêts à s'effriter dans mon corps, plus possible de me défendre, alors je courais aux toilettes du premier étage de l'école, près de ma classe, et je restais enfermée jusqu'à ce que la cloche sonne.

À la mort de Solène, j'ai compris que je n'avais plus de nid, que j'aurais froid tout le temps, le même froid que Solène devait avoir dedans sa tombe.

Je ne comprenais pas qu'on puisse faire ça à Solène, même morte, qu'on l'enterre sans son doudou, sans sa couette, sans une lampe de poche. Pendant des jours et des nuits, je grelottais pour elle, je rêvais d'aller la réchauffer, de la réconforter. Ma Solène si petite, qui avait tellement peur du noir. Et puis, on m'avait dit qu'un mort dort sur le dos dans son cercueil, et moi je savais que Solène ne pouvait pas s'endormir autrement que sur le ventre, les mains repliées sous sa tête. Je l'imaginais figée les yeux grands ouverts, bleue de froid, à essayer de ne pas crever de peur.

Pendant des mois, je l'ai entendue gémir et, pendant des mois, je n'ai plus dormi, les yeux grands ouverts vers le plafond, frigorifiée, ma couette roulée en boule par terre, à gémir pour ma Solène.

Quand Solène a dû être enterrée, moi j'avais plein d'idées pour que ce soit moins dur pour elle, je voulais coller sa collection d'autocollants sous le couvercle de son cercueil, ses étoiles phosphorescentes, tous ses autocollants d'animaux pailletés. J'avais prévu sa veilleuse Barbapapa qui s'allumait automatiquement dans le noir, son doudou et toutes ses peluches qui l'auraient apaisée.

On m'a dit que tout allait pourrir et que Solène, elle aurait préféré que je garde tout ça pour moi.

J'avais tout mis dans son petit sac à dos rouge, je savais qu'elle en avait besoin, mais on ne m'a pas laissée faire ce que je voulais. Alors ce petit sac rouge est resté fermé pendant des mois, jusqu'à ce que j'aie le courage de l'ouvrir enfin et de reproduire dans ma chambre ce que j'aurais aimé lui donner dans sa boîte pour qu'elle ait moins peur. J'ai installé ses peluches tout autour de mon matelas, j'ai collé tout ce que j'ai pu sur les plafonds et les murs, et j'ai mis la veilleuse Barbapapa près de ma lampe, sur ma table de nuit. Et puis je n'ai plus lâché son doudou. Je me suis mise à sucer mon pouce pour elle, parce qu'elle ne devait plus avoir la place pour le faire… Ma Solène.

Quand Papa est mort, je savais que c'était à ma sœur de mourir, mais quand ça a été le tour de Solène, et que c'était trop tard pour que ce soit moi, j'ai directement pensé à Mamie. J'ai comparé les âges, j'ai comparé l'amour de Maman pour l'une et pour l'autre, et je me suis dit que ce serait plus juste si c'était Mamie qui partait, mais rien n'est vraiment juste. Ça me semblait tellement absurde de pouvoir entendre Mamie parler de la mort de quelqu'un d'autre que de la sienne.

Elle me disait que Solène serait bien là-haut, qu'elle se reposerait, qu'elle serait proche de Dieu, qu'elle deviendrait un ange. Elle m'a dit que Solène était si merveilleuse que Dieu l'avait ramenée à lui, pour qu'elle lui tienne compagnie. J'ai pensé fort à Dieu, et je me suis dit que c'était un égoïste et que Solène, c'est à nous qu'elle devait tenir compagnie.

J'ai imaginé Solène là-haut, je ne sais où, avec deux ailes en plumes toutes douces, en train de se reposer et j'ai compris que ce n'était pas possible. Peut-être qu'elle avait des ailes d'ange, mais personne ne lui avait appris à s'en servir, sinon elle serait venue me rechercher, et elle m'aurait envolée avec elle. Et puis Solène en train de se reposer, j'aurais bien aimé voir ça, je ne l'avais jamais vue calme, ou fatiguée.

Dieu voulait une compagnie, il allait être servi, elle allait le rendre fou avec son énergie. Il allait vraiment regretter de ne pas nous l'avoir laissée.

Pendant plusieurs semaines, je me répétais ça en boucle, j'imaginais que Dieu craquerait et supplierait Solène de rentrer à la maison. Je voyais déjà Solène éjectée du ciel par un Dieu épuisé. Je me suis mise à scruter le ciel, le jour, la nuit. Dès que je voyais un petit quelque chose bouger ou clignoter, je me disais c'est Solène qui arrive, c'est Solène. Et je courais dans la maison. Un jour, Mamie était là, elle m'a arrêtée dans ma course et elle a dit : « Solène passe dans le ciel, elle te fait coucou, mais elle ne peut pas revenir, Léa, elle ne peut pas, sinon Dieu serait malheureux, et il pourrait se mettre très en colère. »

Alors j'ai pensé que Dieu était méchant et qu'il fallait que je délivre ma petite sœur. J'ai commencé à parler à Dieu pendant des heures, j'étais sûre qu'il entendait, je lui disais de me rendre Solène et de prendre Mamie. « Elle est gentille Mamie, elle est belle, rends-moi Solène et je t'envoie Mamie. Elle aussi elle est drôle, et puis, avec toutes les vies qu'elle a eues, elle va te raconter plein d'histoires ! » Mais Dieu ne bronchait pas, il faisait semblant de ne rien entendre.

Alors j'ai envoyé des trucs vers Solène, des ballons de toutes les couleurs que je lâchais dans le ciel. C'est Mamie qui me les achetait, et comme elle ne comprenait pas pourquoi je les laissais s'envoler, je lui ai expliqué pour Dieu, qu'il ne voulait pas échanger Solène contre elle, alors je voulais montrer au moins à Solène que je cherchais une idée pour l'en sortir. Et tant pis s'il avait refusé Mamie, j'allais bien trouver un moyen de le faire céder.

Mamie a arrêté de sourire, elle s'est figée, elle m'a dit les dents serrées : « Léa, vraiment, tu es saugrenue, tu es saugrenue. »

Je ne savais pas ce que ça voulait dire, juste que ce n'était pas un compliment. Mamie a arrêté de m'acheter des ballons, et j'ai su pourquoi Dieu avait choisi Solène. Elle, rien ne pouvait la vexer jamais. Mamie n'est plus venue me voir et mon chagrin a commencé. Solène était là-haut sans moi, et c'était comme ça pour toujours.

Quand Papa est mort, la seule chose à laquelle je pensais, c'est que je ne pourrais plus jamais taper dans sa main pour faire un pari.

Depuis que j'étais toute petite, on faisait des paris pour tout et n'importe quoi. Dès que l'on n'était pas d'accord, on pariait, des bisous, des crêpes, des bonbons, des petits trucs bêtes, et on se tapait dans la main pour sceller le pari.

Des fois, Maman me faisait les gros yeux, ou des signes, parce qu'elle savait que j'avais tort, mais trop tard j'avais tapé.

Papa me narguait avant même qu'on ait vérifié la réponse. Il était sûr de lui, pas de place pour les doutes.

On allait vérifier après, tous les deux. Maman criait : « Alors ? Lequel va être à ramasser à la p'tite cuillère ? »

Là, énorme hurlement de triomphe de Papa, il gagnait systématiquement. À chaque fois, j'étais sûre de moi pourtant, mais rien à faire, hurlement de joie, bras levés, doigts en V, comme victoire, à chanter « J'ai ga-gné ! J'ai ga-gné ! ».

Ça m'énervait, et en même temps, s'il n'y avait pas eu tout ce cérémonial après, ça m'aurait manqué.

À la fin, perdre me plaisait, rien que pour assister à ça, pour le voir comme un enfant dans toute la maison, à se vanter, à embêter Maman. « J'ai ga-gné ! J'ai ga-gné ! Alors qu'est-ce que tu dis au vainqueur, hein ? Tu t'inclines ? »

Maman le poussait en dehors de la chambre en râlant et en riant en même temps.

Chaque fois que Papa disait quelque chose et que je le contredisais, il se retournait vers moi avec un air de défi, il tendait sa main, les yeux plongés dans les miens : « On parie ? » Je tapais et voilà, tout recommençait pareil.

Papa parlait de sa réussite des semaines après et moi je disais : « Je t'ai laissé gagner Papa, je savais la vraie réponse ! »

Il faisait semblant de s'énerver et d'être déçu, et Maman lui disait : « Mais non mon cœur, tu es le plus fort, tout le monde le sait, hein les filles ? »

Nous, on faisait exprès de ne pas répondre. Maman répétait plus fort « Hein les filles ? » comme si cette question était vitale, et on hurlait en chœur : « Mais oui Papa ! T'es le plus fort ! Même quand t'es nul, t'es le plus fort. » Papa boudait, « je suis jamais nul… ».

Et moi je courais dans ses bras parce que je sentais tout mon amour pour lui. Une fois que j'étais contre lui, Maman et Papa se tapaient dans la main : « Encore gagné ! Léa tu deviens prévisible ! » Moi je haussais les épaules en riant, et j'enfouissais ma tête dans le cou de Papa.

Et là, on devait tout expliquer à Solène parce qu'elle ne comprenait jamais rien au pari, qui était contre qui, qu'est-ce qu'on pariait et tout ça. Alors Papa prenait dix minutes et lui réexpliquait tout depuis le début. Solène ponctuait les phrases de Papa par des « Pourquoi ? Oui, mais pourquoi ? ». À la fin, Papa se levait, avec moi toujours accrochée en koala autour de son cou. Il s'approchait de Solène, en disant : « J'vais la bouffer celle-là, j'vais la bouffer ! »

Moi je m'agrippais comme une folle à lui et il faisait semblant de dévorer Solène en rugissant comme un animal, rires de Solène en pagaille, elle hurlait « J'ai gagné ! j'avais parié que tu ferais ça ! » et elle se tortillait de rire.

Quand elle était petite, Solène jouait des heures devant le miroir de la salle de bains. Elle escaladait le lavabo, s'y asseyait et se regardait d'abord sans bouger, puis, en faisant des grimaces, elle s'inventait des histoires jusqu'à pleurer de vraies larmes. Elle prenait des accents, faisait semblant de répondre à des interviews. Chaque soir, elle passait d'une pauvre orpheline à une star américaine, d'un garçon malade à une vieille mégère. Elle changeait de façon de bouger, de parler. Elle était fascinante.

Elle me disait de jouer avec elle, mais je la trouvais si géniale que je ne pouvais que la regarder. J'observais chaque mouvement de ses longs cils. On passait presque une heure chaque soir, elle, assise sur le lavabo, moi, sur la machine à laver, et puis je ne savais jamais pourquoi mais Solène arrêtait d'un coup ses personnages. Elle disait qu'elle n'y arrivait plus, « je suis fatiguée et eux aussi », elle mettait le dos de sa main sur son front, poussait un long soupir, me regardait et éclatait de rire.

À contrecœur, je descendais de la machine, attendais que Solène sorte de la salle de bains, et je me précipitais sur le lavabo. J'essayais de faire comme Solène, mais les mots, les gestes, les personnages, rien ne venait, j'étais vide. Alors je me contemplais sans rien faire, sous toutes les coutures, je m'attachais les cheveux, me les lâchais, souriais, fronçais le nez et ça me réconciliait avec moi.

Un jour, Solène est rentrée quand j'essayais de faire un rôle. Elle s'est glissée à côté de moi et m'a interviewée, elle prenait une voix suraiguë : « Dites-moi quelque chose Yulia, vous êtes la plus grande actrice et chanteuse du monde ! »

J'étais gênée de répondre et je trouvais que Yulia était un nom ridicule. Solène n'arrêtait plus de parler : « Yulia, depuis quand êtes-vous à Paris ? » Elle se retournait vers le miroir, se regardait droit dans ses yeux : « Elle est très timide Yulia, c'est sa première télé, n'est-ce pas Yulia ? Mais les gens vous aiment, n'ayez pas peur ! » Elle faisait semblant de rire et moi je ne disais rien. Je la regardais vivre avec toute la facilité que je n'avais pas. Je suis descendue du lavabo, et je suis sortie de la salle de bains. J'entendais Solène continuer : « Yulia est partie, mais elle va revenir, elle est foooormidaaaable, on applaudit bien fort Yulia Mackenzie !!!!! »

Elle faisait même les bruitages des spectacteurs. Je suis allée dans la cuisine, Maman m'a donné un petit morceau de mimolette, et je savais que Yulia ne retournerait plus jamais sur le lavabo.

Le manque, toujours ce manque, ce trou béant, ce vide glacial en moi, tombe de Solène dans mon corps, goût de cendre. Poussière de chagrin.

Le manque c'est comme un refrain d'une chanson très longue. Ça revient, lancinant, ça grignote. Solène, c'était mon antidote, c'était un organe vital, tous mes sens réunis.

Solène, c'est ce que j'aimais le plus en moi.

Je me souviens de ses yeux quand elle a compris qu'elle ne reverrait plus Papa. Je me souviens qu'ils ont changé de couleur, comme si c'était plus opaque, plus dense. Maman avait remarqué aussi et ça lui avait fait peur. Elle disait : « Solène mon cœur, fais-moi briller ton regard ! »

Mais Solène, elle pouvait plus.

Comment rester chaude alors que le corps de Solène est bleui de froid ?

Comment résister à m'enterrer à côté d'elle ?

Dès le lendemain, ma voix ne sortait plus. Elle s'est coincée en moi, quelque part. Des bribes de notes fluettes et brèves.

Solène c'était ma voix.

Qui je pourrai aimer ? Il n'y a pas de place en moi, pour quelqu'un d'autre qu'elle.

Je me suis mise à écrire son nom partout, sur mes petits carnets, avec mes doigts, dans la mousse du bain, ou sur les vitres embuées de la voiture. Son prénom dans la purée, dans la mousse au chocolat, sur mes cahiers de classe, partout.

Je prenais appui sur son « s » comme un tremplin, rebondissais sur le « o », glissais lentement sur la boucle du « l », reprenais de la vitesse sur le « e », courais à toute allure sur le « n » et m'envolais sur son « e ».

J'écrivais ses lettres, je les touchais pour qu'elles ne se refroidissent jamais, qu'elles restent vives, chaudes, rondes.

Pendant une éternité je n'ai pu écrire autre chose que son prénom. Dans l'ordre, le désordre, à l'envers, en diagonale. C'était comme pour la toucher, comme si elle ressentait mon doigt sur elle, sur ses petites joues moelleuses.

J'inventais mille chansons sur elle, sur son sourire, sa peau. Je lui parlais à elle, ou pour elle, ou pour moi. Toutes les chansons étaient sur le même air, celui que chantait Solène quand elle suçait son pouce. Elle fredonnait avec sa toute petite voix tremblotante, concentrée sur son pouce contre son palais et l'odeur de son doudou. Sa voix était si frêle dans ces moments-là, qu'on attendait d'un instant à l'autre qu'elle s'endorme complètement.

Ma Solène dort,
Et moi je rêve,
Que maintenant, elle se réveille
Ma Solène, mon Soleil
Ma princesse féerique
La sauver, la délivrer
La reprendre, l'apaiser.
Ma Solène, ma merveille
Si lointaine, si lointaine
Ma complice, mon amie
Ma sœur pour toute ma vie
Ma merveille, ma Solène
Ma sœur, la mienne, à moi
Ma Solène, ma Solène
Je suis seule comme toi
On se regarde, on se sourit
À travers cet infini.

Chaque jour des milliers de mots sur cet air inventé par Solène, chaque jour la gorge serrée qui fait mal, qui lutte. Sa voix à elle qui passe par moi.

Un être ne peut pas vivre si tout son corps est à vif, sans peau. Moi j'étais dépouillée de ma chair, j'étais décharnée, j'avais envie de hurler, je ne pouvais plus.

Quand Solène est morte, j'ai perdu ma voix.

Je ne sais pas où, quelque part. Ma voix, ma voix normale, j'avais dû la laisser, sans faire attention sur le goudron à côté de Solène.

Ma voix, la mienne, disparue.

Ma gorge a rétréci d'un coup, elle s'est mise à me faire mal, comme si quelque chose était coincé… mon cri.

J'arrêtais pas de me dire que ça servait plus à rien. Souffrir de Solène sans apaiser Maman, ça servait plus à rien. J'étais incomplète, j'étais amputée.

Quand Solène est morte, j'ai tout oublié, manger, dormir, me laver. J'avais les yeux asséchés par le sel de mes larmes, la gorge raclée par les sanglots.

Et je répétais en boucle, moi j'm'appelle Léa et je suis immortelle, moi j'm'appelle Léa et je n'peux plus mourir. Moi j'm'appelle Léa. Mon prénom me brûlait, lui si chaud, encore vivant.

Je ne savais pas que la mort c'était définitif, je ne savais pas que c'était indiscutable, je ne savais pas que le manque de sa sœur, c'est plus fort que de mourir soi-même. Je ne savais pas sinon je n'aurais pas couru, j'aurais accepté, je l'aurais protégée.

Et ma Solène chantonnait, de dos, si douce, si belle. Ma Solène, je ne savais pas qu'elle ne la verrait pas, je ne savais pas que c'était à moi de la prendre par la main et de courir avec elle.

Et puis je pensais que la voiture s'arrêterait, que c'était un jeu. Solène chantait, elle grattait le sol avec ses doigts, elle aimait se rentrer des petits morceaux de par terre sous les ongles, ça énervait Maman.

La voiture... Solène qui chante... Pas de cri... La voiture, Solène qui chante, pas de cri... Elle va s'arrêter, Solène va se lever, pas de cri, Solène chante, la voiture, Solène chante, la voiture, Solène, la voiture, pas de cri, Solène chante, la voiture, pas de cri, la voiture, la voiture, pas de cri, Solène la voiture pas de cri Solène Solène Solène Solène Solène, elle sourit, elle chante, je hurle, pas de bruit, voiture, choc, Solène couchée, pas de cri, Solène ne chante plus. Silence. Blanc qui fait mal... Je respire, Solène va se lever, défroisser sa petite jupe bordeaux, cueillir une fleur et rentrer à la maison. Elle me dira de venir, je la prendrai dans mes bras, on ira aider Maman à la cuisine. Solène ne bouge pas, la voiture est immobile. Solène va se lever, elle va me sourire, je vois déjà les paumes de sa main prendre appui sur le sol pour se relever. Solène ne chante plus, les gens sortent de la voiture, me regardent, hurlent, je leur souris, Solène va se lever, y a que moi qui le sais, c'est une blague, un jeu, une promesse... Quelqu'un m'essuie le visage, Solène ne se lève pas, personne ne la touche, je cours vers elle, on me retient, je chuchote Solène-Solène, bruit du choc dans ma tête, sang de Solène sur mes habits, corps de Solène lourd comme si… comme si plus personne ne pourrait plus la soulever.

Voix de Solène. Bruit du choc en boucle. Elle ne chante plus. Silence.

Puis rien, que du vide, que du rien.

Et puis j'ai dit, j'ai raconté.

Et puis Maman, et puis Mamie, et puis rien.

Et puis le manque.

Et puis.

Et puis.

Je me suis assise sur mon lit, et je me suis simplement posé la question.

Comment je fais maintenant ? Comment je vis ?

J'arrêtais pas de me dire qu'au petit déjeuner le lendemain ce serait vraiment bizarre… et où je m'assiérai ? À ma place ? Comme avant ? Et à quelle heure je me lèverai, maintenant que je n'aurai plus à attendre que Maman ait fini de préparer Solène ? Et de quel côté de Maman je me mettrai dans la rue, maintenant que j'aurai les deux mains pour moi ?

Qui suis-je si je ne suis plus la sœur de personne ?

Solène est partie et j'ai perdu mon prénom. À la maison, plus personne pour me nommer Léa. Avant Maman le chantait, Solène jouait avec. J'existais.

Quelques jours après Solène, je suis montée sur le lavabo, je me suis regardée très longtemps dans la glace, le visage froid. Je fixais mes pupilles comme pour m'hypnotiser. Les larmes sont montées rapidement et j'ai tout dit à Solène.

Je lui ai dit à quel point je lui en voulais, je pleurais sans m'arrêter et je répétais en boucle : « Solène, Léa est fâchée, Léa est triste, Léa peut mourir, Léa veut mourir, Solène n'avait pas le droit, Solène ne pouvait pas, Léa devient folle, Léa ne peut pas vivre sans Solène. » Ma voix montait de plus en plus, mes yeux étaient noyés de larmes, ma tête tournait, ma respiration se saccadait. « Solène n'avait pas le droit, Léa est seule, Léa souffre, Solène est méchante, Léa veut échanger sa place, Léa se meurt. »

Je tapais ma tête contre le miroir et je criais de plus en plus, et puis Maman est entrée.

Elle m'a dit : « J'ai pas besoin de ça en plus. »

Moi je pouvais plus m'arrêter, elle m'a fait descendre de force, mes cheveux se collaient à mon visage coagulé de morve de bave de larmes, elle m'a dit de me moucher et puis elle est sortie de la salle de bains et je suis restée seule, honteuse d'avoir pu faire souffrir Maman.

À mon premier anniversaire sans Solène, je me suis demandé comment on lutte contre le temps ? Avec quelle arme ?

Comment ne pas grandir, pour ne pas m'éloigner de Solène ?

Je ne voulais pas imaginer les années qui passent, ma Solène restée une toute petite fille en jupe bordeaux, et moi, grandir, vieillir, avoir un jour quatorze, seize, vingt, trente ans. Que mon corps change, que tout change, que je me mette à être plus comme Maman que comme Solène.

Moi je me disais qu'il fallait que je reste là, que je ne bouge plus, que je me fige comme ma Solène, comme ma poupée, avec ses cheveux duveteux et son sourire à tomber.

J'arrivais pas à accepter qu'un jour j'aurais l'âge d'être la maman de Solène, sa grand-mère. Que je serais en âge de mourir, un âge normal de vieille dame. Pas possible que notre différence d'âge ne soit pas la même pour toute la vie. Comment on fait pour grandir, si sa sœur ne suit pas?

Je pensais que je ne pourrais plus jamais souffler mes bougies, puisque c'est Solène qui le faisait toujours pour moi. Elle me disait qu'elle insufflait de la magie sur tout le gâteau, pour que mon corps se remplisse d'étoiles brillantes. Elle disait que le vœu qu'elle ferait pour moi serait forcément beaucoup plus beau qu'un de mes vœux à moi; parce que j'étais trop timide pour demander tout ce que je voulais.

Après avoir éteint les bougies, je lui demandais : «Alors t'as fait quoi comme vœu?»

Elle souriait : «Ça j'peux pas te l'dire, sinon ça se réalise pas!»

Et dès que j'étais heureuse après, dans l'année, pour une bonne note, ou parce que Kévin m'avait regardée fort, Solène me disait : «Tu vois Léa, c'est encore moi!»

Et ça la rendait tellement joyeuse, que je lui laissais croire que c'était grâce à elle et à ses vœux magiques.

Quand je recevais un cadeau, n'importe lequel, même quelque chose que j'attendais depuis mille ans, je demandais à Solène si elle le voulait, c'était comme ça. Lui donner, la voir heureuse, c'était le plus magnifique pour moi.

Elle, elle s'était mise à faire pareil, c'était génial, tout était à nous deux. Un cadeau anodin devenait notre trésor, chaque cadeau était comme une nouvelle passerelle entre nous, un nouveau pont indestructible.

Au début Maman et Papa me disaient : « Léa, tu as le droit de garder tes affaires, tu n'as pas besoin de tout prêter, de tout donner… »

Et moi je répondais : « Je sais, mais je fais ce que je veux, c'est mon cadeau à moi ! »

Quand Solène a fait pareil la première fois, elle attendait une poupée avec des cheveux spéciaux, qu'on peut natter, couper, colorier. Ça faisait des mois qu'elle en parlait, elle a ouvert, l'a vue, a hurlé, elle s'est mise à courir dans tout l'appartement, à embrasser Maman, Papa, Papa, Maman. Elle n'arrêtait plus, et moi j'ai pris la boîte et j'ai regardé la poupée à travers le plastique transparent, Solène s'est arrêtée net. Elle a mis sa petite bouche contre mon oreille et m'a dit : « Si tu l'aimes… j'te la donne ! »

J'avais le cœur plein de fourmis, je l'ai serrée très fort et je lui ai dit en chuchotant : « On dirait qu'elle était à nous deux, tu veux ? »

Elle a souri.

Papa protestait : « Pfff… ça vaut la peine de se décarcasser dans cette maison… pour les différencier, pour faire attention à leurs goûts respectifs, pour leur laisser à chacune un territoire… Hein Ève ? Ça vaut vraiment le coup !

— Arrête mon cœur, on comprend rien à ces filles, on est largués complètement, d'accord… Mais qu'est-ce que je suis fière de ces deux gosses, elles sont épatantes ! »

Maman s'est collée à lui sur le canapé, et il l'a entourée de son bras.

Solène et moi on est parties dans notre chambre pour trouver un nom à la poupée.

À ce jeu-là, Papa c'était le plus fort. À chaque peluche, chaque poupée, y avait que lui pour trouver un nom. On pouvait lui ramener toutes les bêtes de la Terre, les plus bizarres.

Maman, Solène et moi, on cherchait mille

ans, et Papa trouvait tout de suite et c'était une évidence.

Il avait une façon de faire bouger les peluches comme si elles étaient vivantes. Et je me disais que tous les pères du monde devraient savoir faire ça, et que mon mari serait obligé de savoir le faire aussi bien pour mes enfants. Ce serait le test décisif, le test ultime, pour accepter ou non de me marier.

Solène, elle avait des yeux spéciaux qui changeaient de couleur avec ses humeurs, avec le temps. Elle en était très fière. Les gens se penchaient sur elle : « Mais… ils sont bleus tes yeux ! » Elle, du tac au tac, répondait : « Ça dépend… » Intriguée, la personne rétorquait : « Comment ça ? » Et Solène de répliquer : « Vas-y Léa… Dis-lui… »

Alors, j'expliquais : « Les yeux de Solène, c'est comme les bagues magiques qui changent de couleur selon la chaleur de la main. » Le regard de Solène ne me quittait pas. « Dis-lui de quelle couleur ils sont quand je m'énerve ! » Et moi de continuer : « Ils deviennent rouges… ROUGES ! Et si elle ne se calme pas, ça peut être très grave. Ses yeux coulent en larmes de sang et elle peut mourir ! »

Solène me souriait, conquise, et on explosait de rire, face à l'adulte incrédule.

Solène se mettait à courir, je la rattrapais. « Il nous a crues, Léa ? Tu crois qu'il nous a crues ? »

Alors, avec une immense satisfaction, je répondais : « Bien sûr ma Solène, comme tous les autres ! »

On avait plein de jeux comme ça, on racontait n'importe quoi, mais les gens nous trouvaient « tellement adorables » qu'on était tout excusées.

Même que des fois, Papa et Maman rentraient dans notre jeu, on racontait n'importe quoi, et jamais ils ne nous contredisaient. « Tant que ça reste drôle », disait Papa. « Tant que ça ne nuit à personne », disait Maman.

Mais un jour, on a fait le coup des larmes de sang avec du feutre, au fils des voisins. Pendant que je lui racontais les yeux de Solène, elle, dans la chambre, peignait ses paupières et ses joues. Elle est sortie en hurlant et le petit a eu tellement peur, il s'est mis à pleurer si fort, que sa mère et Maman ont accouru.

On a été punies, et le petit voisin n'est plus jamais revenu. Solène et moi, on n'était pas fières. Pour nous excuser, on lui a fait des dessins et je lui ai donné une de mes peluches préférées, mon tigre violet, mais ça n'a pas suffi à calmer sa peur.

La voisine, des mois après, disait à Maman qu'il faisait encore des cauchemars, et que quand il pleurait, il refusait d'essuyer ses larmes avant de se voir dans la glace, de peur d'avoir du sang sur ses mains.

Après cette histoire, on a arrêté avec les yeux de Solène.

Et quand quelqu'un lui posait la question, ce n'était plus moi qui répondais, Solène disait juste : « Oui ils sont bleus », « Oui ils sont verts », « Oui ils sont noirs », « Oui ils sont jaunes », ça n'avait plus aucune importance, on repensait au petit voisin, c'était ça notre punition.

Quand Solène est morte, j'ai tout de suite demandé si je pouvais garder une partie d'elle, son nez, ses yeux, ou ses cheveux... Maman n'a pas répondu, et Mamie m'a dit que c'était pas possible, que ça n'existait pas de faire ça.

Moi je voulais garder sa main toute chaude et toute potelée, l'avoir dans ma poche en permanence pour me rassurer et me donner du courage.

Après j'ai demandé si on pouvait laisser de la place à ses côtés, pour que je vienne la consoler, m'installer près d'elle. Je nous voyais rigoler comme des folles dans le noir, en se faisant peur dès qu'il y aurait un bruit bizarre. Je nous imaginais dormir en boule l'une contre l'autre pour nous réchauffer, et parler des heures de Kévin et Franklin.

Un jour, j'ai entendu une dame dans l'escalier, elle parlait à Mme Lika la gardienne, et elle disait : « C'est incroyable, il s'est raidi d'un coup, il ne se ressemblait plus, son âme était partie. »

Alors je me suis demandé si c'était pareil avec tous les morts. Est-ce que Solène ne se ressemblait plus ? Et je me disais qu'elle devait se sentir bien vide sans son âme.

Je ne comprenais pas comment ça marche, et où se trouvaient les âmes si elles n'étaient plus dans les corps.

Et puis j'arrivais pas à imaginer à quoi ça ressemble une âme. C'est liquide ? C'est brillant ? C'est comme du vent ? Alors peut-être que, des fois, les âmes jouent des tours au corps et se font remplacer par de l'air. Peut-être que le corps n'y voit que du feu… Mais si le corps ne sent aucune différence, c'est que l'air, c'est une âme.

Peut-être que quand on respire, il y a plein d'âmes qui entrent en nous d'un coup.

Alors je me suis dit que si c'était vrai que l'âme de Solène l'avait abandonnée, elle avait dû venir se réfugier en moi.

Comment on fait pour parler d'une âme à l'autre, avec le même corps, la même bouche, et puis est-ce qu'il y aurait assez de place pour deux grosses âmes comme la mienne et celle de Solène ?

Peut-être qu'elles seraient trop à l'étroit en moi ? Qu'elles se battraient pour que la plus faible s'en aille… Et si c'était la mienne la plus faible… Ça voudrait dire que je deviendrais Solène… Maman aurait nous deux, en une…

J'ai essayé de communiquer d'une âme à l'autre, mais elles n'avaient rien à se dire. Alors j'ai compris qu'il n'y en avait qu'une, la mienne, ou peut-être les deux, mais que celle de Solène devait dormir en moi, en boule contre mon âme.

Solène, elle avait la manie des p'tites peaux, les p'tites peaux autour des ongles. Elle cisaillait avec ses dents, parfois jusqu'au sang.

C'était son chantage à elle, dès qu'on l'énervait, dès qu'elle était contrariée. Elle s'appliquait soigneusement à creuser la peau autour de chacun de ses petits ongles mous.

Et Maman qui criait, qui suppliait, qui s'excusait. Solène gagnait toujours à ce jeu-là… Mais pas avec moi.

Quand elle se mettait à faire ça, je portais mes doigts à ma bouche, comme si j'allais faire la même chose qu'elle, et Solène ça la rendait folle. Elle acceptait de se faire du mal, mais elle refusait que je m'en fasse à cause d'elle, alors elle arrêtait immédiatement le chantage et on se réconciliait.

Un jour, Maman a essayé ma tactique, mais Solène, elle s'en fichait. Maman est restée des heures avec les doigts dans la bouche, à la menacer, à faire semblant de se faire mal, rien n'y a fait, Solène s'est rongé ses p'tites peaux et Maman s'est excusée.

Solène, c'était une force de la nature, une culpabilisatrice-née, face à elle, on ne pouvait qu'avoir tort, et elle était géniale.

Elle oscillait toujours entre coup de griffe et caresse… C'était sa virtuosité.

Elle rendait tout le monde fou, et on adorait ça.

Je me souviens de son premier chagrin, son premier vrai gros chagrin, un chagrin qui bouleverse tant, que la vie change de couleur. Un chagrin qui se niche à chaque endroit du corps et qui l'enraye comme des milliers de grains de sable.

C'était bête pourtant, comparé à la mort... Mais quand on est triste, on compare pas.

Elle était toute petite, elle était heureuse, se sentait jolie. Elle n'y avait même pas encore pensé, elle était comme elle était et ça lui semblait parfait, normal, incontestable.

Et puis un jour, à la maternelle, un garçon est venu d'une autre classe, sa maîtresse n'était pas là, il est entré et Solène m'a dit après qu'elle l'avait trouvé même plus beau que Papa.

Le petit garçon, il s'appelait Ramy, et il avait des yeux noirs. Il s'est assis à côté de Solène, elle avait le cœur gros d'un bonheur nouveau, et lui, il arrêtait pas de gigoter dans tous les sens, de parler, d'embêter tout le monde, mais Solène elle s'en fichait, elle ne pouvait même pas le regarder tellement il lui plaisait. Elle lui a prêté ses feutres, lui a dit que son dessin était « magnifique » et Ramy, il lui a répondu : « Bah toi t'es moche ! » Il a jeté tous les feutres par terre. La maîtresse a hurlé et il n'est plus jamais revenu dans la classe.

Je me souviens de Solène quand je l'ai vue sortir de l'école, elle avait les yeux gonflés de malheur. Ce n'était pas la Solène du matin ou de la veille, c'était une nouvelle Solène, grave, profonde. Elle s'est mise dans mes bras, ses cheveux tout doux s'engouffraient dans mon nez au rythme de ma respiration.

Elle a pleuré longtemps avec ses « bouh-bouh » légendaires.

Et puis on est rentrées à la maison. Papa a crié : « Qui a fait du mal à ma fille, non mais qui a osé ? »

Maman s'est tout de suite mise à faire des crêpes, on s'est tous assis dans la cuisine et Solène a raconté. Les larmes jaillissaient, elle avait le nez tout rouge et les joues tout irritées, et elle répétait désolée « je suis toute moche… toute moche… ». Elle avait beau affirmer, on entendait une vraie question dans sa voix, et Papa de répondre : « Mais si toi t'es moche ma fille, mais c'est que le monde peut disparaître, c'est que la vie n'a pas d'intérêt, c'est que l'univers est pourri…

– Bon… Paul… arrête d'en faire des tonnes…

Ma Solène, même si t'étais moche, ça n'aurait aucune importance, on s'en fiche, ce n'est pas ça qui compte. Le petit garçon qui t'a dit ça, c'est lui qui est moche à l'intérieur, il a vu ta gentillesse, il s'est senti idiot, alors comme il ne savait qu'être idiot, il est devenu méchant. Tu vois, même si t'étais la plus horrible des petites filles, tu es tellement sublime à l'intérieur… tu es magique… et en plus de ça, ma Solène, t'es une sacrée belle petite nana, avec une sacrée belle personnalité, que demander de plus, hein ? »

Et Papa de rétorquer : « Un jour ce gamin, il se mordra les doigts, t'es fabuleuse ma Solène, c'est pas grave que ce gosse ne soit pas au courant, c'est bien le seul ! Comme on dit, "l'exception confirme la règle". »

Solène ne pleurait plus, elle écoutait, attentive et elle a dit : « C'est quoi ?

– C'est l'exception qui confirme la règle. »

Après cette soirée de crêpes, de sanglots et une nuit pleine de tristesse, Solène est allée le voir dans la cour le lendemain, et lui a dit : « Tu es mon exception. »

Ramy, il est resté bouche bée, sans savoir quoi dire. Et Solène l'a planté là, puis est repartie, princière et fière, vers la marelle.

Un jour, j'ai compris que la mort avait un ennemi, un ennemi plus fort qu'elle.

Au début, je me disais que ça devait être la vie, mais après, j'ai pensé que si elles devaient s'affronter, la mort, elle gagnerait à tous les coups. Alors j'ai cherché, je me suis dit que c'était l'espoir, l'ennemi de la mort, et puis j'ai trouvé ça un peu fragile comme arme. J'ai pensé à la joie… Mais la mort, une fois qu'elle est là, y a plus de bonheur, alors elle gagne.

Et j'ai eu l'idée de l'oubli, ou plutôt du non-oubli. Si on pense aux morts, ils vivent. Ils ne vivent plus au même endroit, mais ils vivent.

C'est grâce à Solène que j'ai compris. Quand elle est morte, je n'ai plus pu faire autre chose que de penser à elle, et c'était comme si je la rematérialisais, que je la recréais, mais en moi, dans ma tête, derrière mes yeux.

J'ai compris que même la mort elle ne pourrait

pas se battre contre moi, elle ne saurait pas vaincre mes souvenirs.

Au début, je pensais à Solène, rien que pour embêter la mort, rien que pour lui prouver que c'est pas la plus forte. Même que des fois, je pensais à Solène et je disais tout haut « gagné ! » et je rigolais.

Solène elle me rendait forte. Je sentais qu'elle vivait en moi, qu'elle ne pourrait plus mourir. J'arrêtais pas de titiller la mort, je la poussais, je l'énervais. La seule arme qui lui restait, c'est que je meure aussi. Je me disais que c'était pas possible quand même, qu'elle ne ferait pas ça à Maman, une troisième fois.

Mais en y réfléchissant, ça devenait évident que la mort, elle ne se gênerait pas, qu'elle en aurait marre de se sentir faible face à ma mémoire.

Alors j'ai couru voir Maman et je lui ai raconté ce que j'avais compris et je lui ai expliqué ce qu'il fallait faire quand j'allais mourir. Alors Maman elle s'est couchée dans son lit et elle a dit : « Léa, laisse-moi, je t'en prie, laisse-moi Léa, je t'en supplie. »

Et moi je répétais : « Tu t'souviendras ? t'oublieras pas ? Sinon elle gagne, d'accord Maman ? D'accord ? Dis oui ! Maman ? Maman ? D'accord ? Dis oui ! »

Mais Maman, elle bougeait plus, elle avait les yeux fermés, les mains sur les oreilles, alors je suis sortie de la chambre et je me suis mise à penser au pire, je venais de faire la pire des choses.

La mort pouvait s'attaquer à Maman si elle pensait à Solène.

La mort, elle pouvait nous empêcher de penser, si on la fatiguait de nous, si elle voulait se venger.

Je suis retournée dans la chambre de Maman, je lui ai parlé doucement, mais Maman elle disait rien, alors j'ai tiré la couette et j'ai parlé très très fort, de plus en plus fort, j'ai répété à Maman tout ce que j'avais compris, qu'il ne fallait plus qu'elle pense à Papa, à Solène, que c'était interdit, qu'il fallait qu'elle ne pense qu'à moi, à Mamie, à nous, que c'était ce qui pouvait l'empêcher de mourir.

Et puis Maman s'est recroquevillée et elle a dit : « Laisse-moi Léa, laisse-moi, je t'en prie, laisse-moi. »

Je suis restée au pied du lit, sans un bruit, la gorge serrée, avec une peur gigantesque en moi, une peur étouffante, une peur dense et brûlante.

Maman n'avait rien écouté, rien compris, elle était en danger et je ne pouvais plus rien faire, pas possible de rentrer en elle pour nettoyer, pour l'éloigner des morts.

Impossible de ne la faire rêver qu'aux vivants.

Alors, avec toutes mes larmes, j'ai dit à la mort qu'elle avait gagné, que je ne l'embêterais plus, qu'il fallait qu'elle nous laisse tranquilles Maman et moi, qu'elle avait déjà Solène, elle ; et que c'était quand même pas grand-chose de me laisser mes souvenirs.

Kévin, il nous invitait toujours toutes les deux, mais Solène elle restait jamais avec nous, elle savait qu'on devait être seuls, alors elle restait dans la chambre, à jouer par terre, c'était comme ça, elle savait, je n'avais pas eu besoin de lui expliquer.

On restait des heures à discuter avec Kévin, il me disait ce qu'il voulait devenir et ça me faisait pleurer. Je sentais qu'il y parviendrait, il était génial.

Il avait une façon très particulière de bouger ses mains quand il parlait, que j'adorais, et j'essayais de faire comme lui, mais c'était pas pareil.

Kévin, il me disait que j'étais une part de lui, qu'il était une part de moi. Il me racontait des histoires sur sa religion. Kévin, il me disait que Dieu prend une âme dans sa main, la partage en deux et met chaque bout d'âme dans des corps différents, et que les gens toute leur vie, ils recherchent ce morceau d'âme qui leur manque. Il me disait que nous on l'avait trouvé et que c'était plus qu'être frères de sang, c'était comme si on partageait la même histoire avant de naître et qu'on s'était enfin reconstitués comme un puzzle.

Kévin, il venait beaucoup à la maison, et Papa il le prenait par la nuque et il l'appelait « mon p'tit gars ».

Kévin, il souriait pour tout le monde, mais son cœur pour moi était transparent, et je le voyais se noyer en gros sanglots, en sanglots de bien-être, de quelqu'un qui ne savait pas qu'une telle chaleur existe.

À chaque fois que Kévin venait, on avait droit à tout, parce que Papa disait : « Il a rien chez lui ce gosse, il faut qu'il sache ce qu'est la vie ! »

Alors c'était la fête, on pouvait manger des bonbons, faire du bruit, Maman faisait des crêpes et on rigolait.

Des fois, il restait dormir, on l'installait dans notre chambre à Solène et à moi, et on parlait comme ça, toute la nuit, les yeux vers le plafond, dans le noir. Au début, Solène parlait plus que nous, Kévin lui posait des questions sur Franklin, et puis, petit à petit, les réponses de Solène s'espaçaient et ses ronflements remplaçaient ses mots. Alors je me tournais vers Kévin et on parlait tout bas. Il me racontait son père avant qu'il s'en aille, qui l'emmenait des fois à son travail, là où il soignait les animaux. Il me racontait sa mère, sa sœur

Lydia, il me donnait ses secrets, je lui offrais les miens et on finissait par s'endormir, sans même s'en rendre compte, protégés par la nuit, protégés par nos rêves.

Kévin, il se réveillait toujours mille fois plus tôt que moi, il allait dans la cuisine et il discutait avec Maman qui préparait le petit déjeuner. Maman commençait par lui dire : « Kev, c'était comment la nuit ? Vous avez refait le monde combien de fois ? » et Kévin s'asseyait sur le haut tabouret, près du bar, le visage encore tout ensommeillé, et il répondait avec sérieux : « Refaire le monde ? Non… nous on l'aime comme ça. »

Solène se levait, s'installait avec eux dans la cuisine, et c'était l'heure du Nutella.

Moi j'arrivais dès qu'ils ouvraient le pot. Je ne sais pas pourquoi, c'était systématique. Alors, ils disaient tous en chœur quand je m'asseyais : « Miss Nut s'est réveillée ! »

Maman devenait la machine à tartines et nous la machine à dévorer et à se barbouiller.

Le petit déjeuner durait longtemps parce qu'on savait que Kévin devrait repartir juste après. Alors, on l'alanguissait au maximum.

Souvent, je demandais à Papa d'adopter Kévin, mais il me réexpliquait : « On peut adopter un enfant qui n'a pas de parents, mais Kévin, il a sa

Maman qui l'aime, et même si son Papa n'est plus là, ça reste son Papa. »

Et à moi de répondre : « Mais tu vois pas comme il est heureux ici, Papa ? Tu vois pas ? Il faut qu'il reste ! »

Un jour, la maîtresse nous a raconté *Peau d'âne*, avec le Papa qui veut se marier avec sa fille, et la maîtresse a dit : « Ça c'est interdit. Un Papa ne peut pas devenir un mari, un frère non plus, ça ne se fait pas, c'est la loi. »

Alors je suis rentrée à la maison en courant, j'ai téléphoné au bureau de Papa, et je lui ai demandé, si Kévin devenait mon frère est-ce que je pourrais quand même être amoureuse de lui, et Papa, il a dit non. Alors je lui ai répondu que c'est moi qui adopterai Kévin, que ce sera mon mari. Papa a rigolé au téléphone, il a dit : « Ma Léa je t'aime », et il a raccroché.

Avec Kévin, on s'était dit qu'on se marierait à seize ans, ça nous semblait bien. Lui serait vétérinaire, et moi j'aurais un zoo. Mais seize ans, c'était quand même dans longtemps, alors on a décidé de se marier avant tous les deux.

Un vendredi, il est venu chez nous, on s'est enfermés dans la chambre et je lui ai donné mon porte-bonheur, une gomme magique qui efface même le stylo, et je lui ai dit : « Je te remets ce que j'ai de plus cher, cette gomme effacera ta tristesse, et tu pourras recommencer ta vie, tant que tu veux. »

Lui m'a dit de fermer les yeux, et il a chuchoté très près de moi : « Je te donne mon porte-bonheur, il te protégera et te donnera de la lumière. »

J'ai ouvert les yeux et, dans ma main, il y avait ce dont je rêvais depuis des mois, sa pâte à modeler phosphorescente. On s'est serré les mains avec nos cadeaux à l'intérieur et on était mariés.

On l'a dit à presque personne, mais Solène, elle a deviné. Elle était fâchée qu'on ne l'ait pas invitée, et elle a dit que le jour où elle le ferait avec Franklin, Maman et Papa viendraient, mais pas nous.

Kévin et moi, on se regardait en souriant, on s'en fichait, et Solène, elle bouillonnait, alors elle est allée téléphoner à Franklin, pour organiser ça au plus vite.

À partir de ce jour, j'ai su que Kévin resterait avec moi pour toujours, qu'on ne pourrait plus faire autrement.

Quand Solène est morte, et que je négociais avec Dieu pour la ramener, j'ai sorti la pâte à modeler phosphorescente de ma boîte à secrets. Je l'ai prise dans ma main, l'ai pressée très fort, et j'ai dit tout haut : « Kévin veut bien que je te la donne en échange de Solène. Dès que tu me rends ma sœur, tu l'auras ! » Mais Dieu, il a rien répondu et Kévin m'a dit : « Tu sais Dieu, il est pas facile, il voit bien que ça vaut pas le coup. »

Kévin a pris ma gomme magique dans la main, a levé son bras vers le plafond : « O.K. Dieu, on te donne la pâte à modeler, plus la gomme magique… », et j'ai rajouté : « Et Mamie !!! » Kévin a éclaté de rire, alors on a recommencé.

« Nos deux porte-bonheur, plus Maman, plus la Mamie de Léa, tout ça, contre Solène… Allez Dieu, on peut pas faire mieux, t'y gagnes vachement !!! »

Rien n'y a fait. Alors avec Kévin, on s'est regardés et on s'est dit que nos trucs, ils portaient plus du tout bonheur, et on est allés les enterrer dans son jardin.

Moi j'arrêtais pas de penser que si la magie ne marchait plus, bah y aurait rien d'autre qui pourrait marcher, et que la mort c'était une sacrée saloperie.

Maman elle a commencé à être bleue sous les yeux, à la mort de Papa. Et chaque mois qui passait, elle bleuissait encore plus. À la mort de Solène, elle avait deux yeux au beurre noir. Quand elle devait sortir, je voulais la maquiller, pour qu'elle soit ma toute belle Maman comme avant, mais elle passait devant le miroir sans se voir, et elle disait : « À quoi ça sert ? À rien, à rien, ça sert à rien ! » et elle claquait la porte.

Moi j'aimais pas le regard des gens sur elle, c'était comme s'ils disaient « la pauvre ». Moi je trouvais ça grave qu'ils pensent ça, je voulais être fière de Maman et que tout le monde nous envie. Maman, elle, elle s'en fichait de tout, elle remarquait même pas si je sortais en chaussons, ou si je mettais deux chaussettes pas assorties. Elle ne faisait plus attention à rien, plus attention à moi.

Et ses yeux se creusaient jusqu'à presque disparaître dans le noir de ses paupières.

Quand elle a arrêté de sortir au début, j'étais soulagée, je me disais que plus personne n'aurait de regard triste en nous voyant.

Quand j'allais dans la rue toute seule, les premières fois, je faisais tout pour avoir l'air heureuse, belle, une vraie petite fille normale.

Mais le chagrin, c'est pire qu'être moche, c'est pire que la pire des maladies, ça se colle au visage. Au début, on s'en rend pas compte, on se dit que c'est juste de la fatigue. Et puis en fait, c'est une fatigue qui part plus, qui s'agrippe à la figure comme un masque monstrueux et maléfique. Un masque qu'on ne pourrait plus retirer, qui se serait fondu à la peau.

Alors je partais plus tôt le matin, pour être encore dans la nuit, pour ne rencontrer personne, pour ne pas avoir besoin de jouer. Devant l'école, je souriais fort et ça avait l'air de marcher. Les gens se fiaient à peu près à mon sourire.

J'arrêtais pas de me demander comment on fait pour grandir si on n'a pas envie. Vers qui on grandit s'il n'y a plus personne debout. Maman était dans son lit, et je n'arrivais plus à l'imaginer debout, vivante, normale, ma Maman d'avant. J'avais l'impression que son corps allongé barrait ma route pour grandir, je trébuchais sur elle. Dès que j'essayais de faire un pas, pas possible de l'enjamber, pas possible de la relever, j'étais comme condamnée à attendre qu'elle disparaisse, pour que je puisse de nouveau marcher.

Peut-être que ça voulait dire qu'il fallait qu'elle meure… Non, je voulais qu'elle vive, ça j'en étais sûre, mais qu'elle vive comme avant, qu'elle se parfume, qu'elle sourie, qu'elle se lave et qu'elle m'appelle de nouveau Léa.

Après l'épisode avec Mamie, plus personne n'est revenu chez nous, il n'y avait plus d'extérieur qui rentrait.

On vivait que toutes les deux, avec nos morts, comme deux sorcières rejetées du monde.

Plusieurs fois la voisine a sonné, mais je n'ai pas ouvert, j'avais peur qu'elle trouve l'appartement dans le noir, sale et invivable et qu'elle appelle des gens pour qu'on m'enlève à Maman. Elle avait sonné longtemps, mon cœur s'était figé. Derrière la porte, j'avais prié Dieu pour que Maman continue de dormir, qu'elle ne fasse aucun bruit.

Et la voisine était repartie en marmonnant qu'on devait être dingues, et qu'il fallait se méfier.

Après, je n'arrivais plus à faire les choses normalement dans la maison, c'était comme si… chaque bruit pouvait devenir suspect, comme si…

chaque geste pouvait être la preuve que la voisine attendait pour nous séparer, pour qu'on quitte l'immeuble.

Un jour j'ai vu une bête, dans la cuisine, une bête affreuse avec des antennes, un gros insecte gluant, et ça m'a fait tellement peur, que je ne suis plus retournée dans la cuisine.

J'ai fermé la porte. Et le pain de la cantine, je l'apportais directement dans la chambre de Maman, et je le grignotais à côté d'elle, et on buvait l'eau de la salle de bains.

Dès que je passais dans le couloir près de la cuisine, j'entendais des bruits comme s'il y avait des milliers de milliards de bêtes dégoûtantes, je pressais le pas, contractais tout mon corps et ne respirais plus jusqu'à arriver dans l'entrée.

J'me disais que c'était pas grave, que tant que les bêtes étaient enfermées, il n'arriverait rien.

Maman, je lui avais pas dit tout ça, pour pas l'inquiéter et puis elle n'y allait jamais, alors pour elle, ça changeait rien.

Un jour que j'étais à l'école, elle a ouvert la porte de la cuisine, et les milliards de trucs à antennes sont sortis, ont grimpé sur les murs, sont entrés dans les armoires, sous les lits, derrière les radiateurs. Maman ça l'a tellement choquée qu'elle s'est réfugiée dans son lit, bordée par sa couette et qu'elle n'a plus bougé.

Et moi je suis rentrée de l'école comme chaque jour, j'ai vu la porte ouverte et j'ai compris qu'il devait y en avoir partout et que je devrais vivre avec.

Le pire c'était la nuit, j'avais peur qu'ils pondent dans mes cheveux. Je couvrais ma tête avec la couette, mais comme je bougeais pendant la nuit, je me réveillais les cheveux à l'air libre avec l'incertitude de savoir si oui ou si non ils avaient pondu.

Alors j'ai commencé à dormir tout habillée, et à enfermer mes cheveux dans un bonnet bleu marine, le bonnet que Papa mettait quand on allait au ski, et je me levais le matin toute prête pour partir à l'école.

La maîtresse me posait beaucoup de questions, pourtant je faisais tout pour être normale, elle arrêtait pas de vouloir voir Maman, comme ça, pour rien, elle mettait des mots dans mon cahier, et moi j'inventais n'importe quoi pour expliquer l'absence de signature. Maman elle pouvait pas, elle avait pas la force, alors j'ai inventé une signature, la première fois la maîtresse a fait une tête drôlement bizarre, et puis comme c'était tout le temps la même signature, elle a arrêté de se poser des questions.

Ce qui m'inquiétait le plus avec les cafards, c'était quand je mettais mes chaussures, je m'apprêtais à chaque fois à entendre le craquement des carapaces sous mes pieds.

J'avais beau vérifier, je glissais mon pied très doucement comme pour reculer le choc du bruit, le choc de cette sensation qui une fois ressentie ne me quitterait plus jamais.

Et puis Maman qui dort, et puis le pain, et puis les cafards, et puis plus d'eau chaude et puis de pire en pire jusqu'à où ? Jusqu'à quand ?

Kévin, il m'invitait encore chez lui, et j'y allais rarement pour ne pas laisser Maman toute seule, mais quand j'y allais, c'était là que je prenais des bains, que je lavais mes cheveux, que je redevenais normale.

Avant c'était chez nous que Kévin était heureux, maintenant c'était chez lui qu'on dînait, qu'on parlait. C'était sa maman qui faisait des gâteaux, mais moi ça me faisait pas du bien, juste encore plus de peine. Chaque morceau de quatre-quarts, chaque miette de madeleine au chocolat, chaque bout de cake au citron c'était autant de nostalgie et de souvenirs trop sucrés que j'avalais, et j'avais si froid que je me sentais presque mourir.

Et puis la maman de Kévin, je l'aimais encore moins qu'avant, elle essayait de prendre la place de ma Maman. Elle était debout, parfumée, à me dire Léa avec sa bouche en cœur, et dans ma tête je disais non non non, elle ne la remplacera pas, même si ce serait moins compliqué, même si j'aimerais bien... Non, même debout, parfumée, la bouche en cœur, elle ne vaudrait jamais ma Maman à moi, ma Maman malade, ma Maman couchée, ma Dame-chagrin à moi.

Alors j'ai arrêté d'y aller, et Kévin il comprenait pas pourquoi, il pouvait pas imaginer que ça me rende folle, alors que lui, ça lui faisait tant de bien quand il venait chez nous. Moi je n'arrivais pas à lui expliquer pour sa maman, je ne voulais pas lui faire de peine, je serrais les dents jusqu'à ce que ma mâchoire éclate et comme il avait peur pour moi, il ne me posait plus de questions.

S'il avait su mon Kévin que la seule personne qui aurait pu me sauver c'était lui, il aurait tout fait, tout même le pire, il aurait été prêt à tout pour moi, jusqu'à mourir.

Mais je ne voulais pas qu'il ait mal, et je ne pouvais lui donner rien d'autre que mon chagrin. Alors j'ai arrêté de lui dire mon amour, j'ai arrêté de le prendre contre moi, et il s'est mis à avoir si froid lui aussi, à être si triste à cause de moi, qu'il s'est éloigné, qu'il a dérivé... Et moi je souffrais, mais j'étais heureuse aussi, parce que je le protégeais de moi, je le sauvais, il pourrait rencontrer des gens gentils, plein de gens gentils qui sauraient lui donner autre chose que la mort en eux.

Kévin c'était le seul à pouvoir me tirer vers la vie, c'était le seul avec qui je pouvais parler de Solène et la faire vivre, comme ça, encore un peu.

C'était le seul à qui je racontais Maman, les cafards, le bonnet bleu marine et Mamie, c'était le seul.

Alors après lui, face à son absence, les mots sont rentrés en moi comme des crustacés dans leur coquille, les mots se sont incrustés en moi, sans plus pouvoir s'échapper, me délivrer. Chaque idée, chaque phrase restait emprisonnée dans ma tête et m'alourdissait. Tout se mettait en travers de mon être, brouillait ma vue. Et je descendais vers Maman, vers Solène, vers Papa, je m'éloignais de moi-même et des vivants.

Et puis Kévin, il a eu peur. Il s'est dit que si je n'avais plus de porte-bonheur et que si lui n'était même plus là pour m'aider, je ne pourrais pas être forte longtemps. Alors il a raconté à sa maman pour l'eau chaude, pour les cafards, pour ma peine, il a raconté pour le pain de la cantine, pour mes nattes, pour Solène. Il a raconté notre mariage, Dieu, Papa, il a raconté l'appartement dans le noir, la peur de tout, les mots de la maîtresse. Il a raconté son amour, mon chagrin, nos souvenirs ; et sa maman a parlé à la maîtresse, et la maîtresse a parlé à la directrice, et la directrice a parlé à l'assistante sociale, et l'assistante sociale a voulu parler à Maman, mais Maman elle voulait parler à personne.

Alors des hommes sont venus chez nous pour me poser des questions, pour comprendre. Ils m'ont dit que je devais ouvrir, mais moi je ne voulais pas. Je ne voulais pas qu'ils voient Maman dans le lit, toute blanche, je ne voulais pas qu'ils l'entendent gémir ou pleurer, je ne voulais pas.

Alors je n'ai pas ouvert, je me suis assise contre la porte et j'ai attendu qu'ils se lassent et qu'ils nous laissent.

Je suis allée dans la chambre de Maman, je me suis collée à elle sous la couette et j'ai plus pu retenir mes larmes. Je mouillais le drap, le coussin, les cheveux de Maman, alors elle s'est retournée, elle a ouvert ses yeux à plusieurs reprises jusqu'à ce qu'elle arrive à les garder tout à fait ouverts, et elle a chuchoté : « Qu'est-ce qu'il y a ma fille ? Mon Amour, ma petite ? Qu'est-ce qu'il y a, tu as mal où ? À quel endroit ? De quoi tu souffres ? »

Alors j'ai répondu entre mes sanglots : « De la même chose que toi Maman. »

Elle m'a serrée si fort contre elle que je ne respirais plus et elle disait : « Ma Léa ma Léa ma Léa ma Léa ma Léa ma Léa ma Léa ma Léa… »

Et moi je vidais toutes mes phrases, mes mots, ma violence, je purifiais mon âme, tout sortait. On est restées mille ans comme ça… Et je croyais que tout serait différent après ça.

Après, ça a été encore pire, encore pire que quand j'étais seule sans Maman, encore pire que quand y avait tous les cafards et que j'avais peur qu'ils pondent dans mes cheveux. Encore pire que toutes les questions de la maîtresse. Après ça, après cette impression d'être deux, que tout va aller mieux, que tout va redevenir comme avant, qu'on peut de nouveau respirer.

Je me suis réveillée à côté de Maman, ma bouche toute pâteuse encore du sel de mes larmes, et j'imaginais quelle allait être la journée. On irait faire des courses, des grosses courses, des énormes courses : du Nutella, du poulet, des frites, des pommes, du shampoing, du coton multicolore. Je réfléchissais à tout ce qui m'avait manqué, et je faisais la liste. On achèterait des barrettes, des élastiques pour mes nouvelles nattes, du parfum pour Maman, du maquillage, on achèterait des habits, des jouets, du vernis à ongles... On achèterait tout ce dont on aurait envie, comme ça, pour fêter Maman, pour me fêter moi.

J'avais les yeux grands ouverts dans le lit, et mon cœur était chaud. J'avais hâte, hâte que Maman se lève et qu'on oublie tout ce chagrin.

Mais Maman, elle ne s'est pas levée.

Je lui disais : « Tu te souviens d'hier Maman ? Tu te souviens ? On va aller faire des courses, on va rire, on va se faire belles, je vais te coiffer Maman, tu vas me faire mes nattes, ça va être génial ! »

Maman elle disait rien. Chacune de mes phrases résonnait en silence. Elle m'a tourné le dos. Elle s'est recroquevillée comme un petit animal et la colère est montée en moi si fort que j'ai eu envie de la pousser du lit, de lui tirer les cheveux. Je tremblais, je voulais lui faire mal, qu'elle me gifle, qu'elle se lève, je voulais qu'elle pleure, qu'elle me frappe, qu'elle me haïsse, je voulais du nouveau, une promesse, du bruit. Mes mains, mes bras, mon corps fourmillaient.

Je me suis mise à hurler, à me tirer les cheveux, à me griffer le visage, à faire des bonds dans le lit, je ne pouvais plus arrêter. Mon corps ne me répondait plus et Maman ne se retournait pas, elle sautait avec moi, à cause du matelas qui bougeait, mais elle ne réagissait pas. Des poignées de cheveux tombaient sur la moquette, morceaux de mon crâne, morceaux de moi. Il fallait que quelque chose m'arrête, quelqu'un, mais il n'y avait personne dans le lit, personne. Je devenais folle, j'étais capable de tuer.

Je me suis cognée contre la table de nuit, je suis tombée sur le sol et je suis restée allongée vide, vide de douleurs, vide de tout. Et Maman s'est rendormie.

Quand il a fait plus noir, je suis sortie de la chambre et je me suis dit que j'allais faire comme avec les cafards dans la cuisine, que j'allais fermer la porte et ne plus jamais, jamais, jamais la rouvrir.

Je suis partie de la maison pour aller voir Mamie. J'ai marché des heures dans la rue, j'espérais me souvenir où elle habitait, mais la dernière fois on avait pris le bus et moi, là, je me sentais vraiment perdue. J'arrêtais pas de penser à Maman, j'me disais que je l'avais sauvée, que si je n'm'étais pas fait du mal, c'est elle que j'aurais abîmée. J'arrivais pas à me calmer, à me dire que je l'aimais. J'avais tellement de rage, je ne comprenais pas qu'elle ait pu me faire croire qu'elle allait redevenir comme avant. Je l'imaginais toute seule dans sa chambre, et je n'avais même plus de peine.

Je me demandais comment je l'avais aimée tout ce temps, et pourquoi j'avais cru en elle et qu'elle m'avait trahie.

J'ai marché des heures, des milliers d'heures et puis je suis retournée à la maison. Je n'avais pas trouvé Mamie et c'était tant mieux, je savais que si je l'avais trouvée je n'aurais plus jamais revu Maman et ça c'était pas possible, impossible même.

C'était à moi de faire que Maman redevienne celle que j'aime, il n'y avait que moi qui me rappelais comment elle était avant, il n'y avait que moi qui pourrais être son guide vers elle-même.

Quand Solène est née, Maman, elle a perdu une dent. J'ai trouvé ça vraiment bizarre, et Maman m'a expliqué qu'à chaque fois qu'une femme fait un bébé, pour que le bébé puisse vivre, la Maman doit lui donner un petit bout d'elle. Maman avait choisi de lui donner une dent. Elle aurait pu lui donner un doigt, une main, sa langue, mais non, elle avait choisi une dent. Je lui avais demandé pour moi ce qu'elle avait donné et Maman elle a beaucoup hésité, elle disait rien, elle avait l'air très embêtée, et moi je lui ai dit : « Tu n'as rien donné pour moi ? Pour que je vive, hein ? Tu ne m'as rien donné de toi ? »

Et Maman elle m'a montré ses mollets, et il y avait un fil bleu dans sa peau, elle m'a dit : « Ça c'est toi, Léa, je t'ai donné un peu de ma couleur. »

Je lui ai répondu que j'aurais préféré une dent.

Alors, dès que j'étais malade, je regardais Maman fort et elle souriait. Ça l'amusait que je croie que c'était à cause d'elle.

Et puis Solène est morte, alors je me suis demandé si jamais c'était elle qui avait eu le fil bleu, qu'est-ce qui se serait passé, et pourquoi Maman avait choisi cette dent plutôt qu'une autre, et si elle lui en avait donné deux, est-ce que Solène aurait eu la force de vivre plus.

Nous on voulait avoir cinq enfants, avec Kévin, alors on se demandait ce que je leur donnerais, et si le papa devait donner aussi, mais comme Papa n'était plus là pour me répondre, on a décidé que oui. Kévin, il a dit qu'il était capable de tout donner, tous ses doigts des mains et des pieds. Moi, je voulais bien donner mes yeux, mais j'en avais que deux, ce ne serait pas très juste pour les autres et puis Kévin, il a dit que ça valait pas le coup, qu'on pourrait jamais plus se regarder en souriant, et moi je lui ai répondu : « Et toi tes doigts, on pourra plus se tenir la main. »

On a cherché longtemps et je me suis dit que Maman avait eu raison, des dents c'est pas mal, ça ne se voit pas trop, mais c'est quand même solide, donc on a décidé qu'on donnerait deux dents chacun, par enfant. Ça faisait vingt dents pour que nos bébés vivent bien.

Kévin et moi, on était soulagés ; ça au moins

c'était réglé, et si jamais on décidait de faire encore plus d'enfants, on avait tous les deux de la marge.

Maman, elle m'avait dit aussi que chaque élément donné par la mère, au bébé, apparaissait à un moment sur lui. Alors moi, je me regardais chaque jour dans la glace minutieusement, pour ne pas rater la naissance de mon petit bracelet bleu. J'étais sûre qu'une fois qu'il surgirait, je deviendrais mille fois plus forte.

Pendant plusieurs mois, j'ai observé, et puis je me suis dit que c'était vraiment nul et que Maman avait raconté n'importe quoi.

Et Maman elle répétait : « T'es une vraie impatiente ma Léa, tu verras, le jour où tu ne t'y attendras pas, il apparaîtra et il ne te quittera plus, tu auras la preuve que tu as du Moi en Toi. »

Alors quand j'étais fâchée contre Maman et qu'elle me disait que j'étais méchante, je lui répondais « Bah ça, ça doit être ta part », et on rigolait, parce que rien n'était jamais grave.

Un jour qu'on était chez Mamie avec Solène, j'ai vu en entrant dans la salle de bains les mollets de Mamie, pleins de bleus, alors je lui ai demandé pourquoi, et si c'était elle qui avait donné le fil bleu à Maman, elle m'a poussée dehors en disant : « C'est malin, malin, malin Léa, voilà l'image que tu vas garder de moi, la vieille avec des varices, c'est malin ! »

Elle a claqué la porte. Et, dans le couloir, je me suis dit qu'avec tout ce qu'elle avait sur les jambes, elle avait dû en donner de la couleur à Maman pour qu'elle vive bien, et ça m'avait rassurée. Je savais que Maman, elle vivrait longtemps, très longtemps même, protégée par ses taches bleues.

Un jour Solène, elle s'est perdue. On était dans une fête foraine et on ne l'a plus retrouvée. Papa criait, Maman pleurait. Je me disais que si on retrouvait pas Solène, j'allais me faire vraiment gronder, parce que Solène, elle avait disparu à cause de moi. C'était moi qui lui avais dit de partir parce que je voulais faire un manège spécial, mais comme Solène était trop petite, on n'avait pas pu. Moi, je m'étais juste dit que si Solène partait un moment, j'aurais le temps de faire un tour du manège spécial avec Papa et Maman et que tout le monde serait content.

J'ai demandé à Solène d'aller voir plus loin, d'acheter une barbe à papa, et Solène elle était partie sans argent, sans rien, elle m'avait fait confiance.

Et puis plus rien, le monde se fige, Solène a disparu. Plus le droit de faire du manège, plus le droit de rire, plus le droit de penser à autre chose qu'à Solène. Et Papa criait, et Maman pleurait et ça a duré des heures.

Et puis on est allés à l'accueil, on a appelé Solène dans le micro, et une dame très gentille nous l'a ramenée.

Papa pleurait comme un fou, il serrait Solène qui ne comprenait rien. Elle avait dans sa petite main du sucre rose de barbe à papa, et Maman lui a dit : « On ne part pas comme ça, Solène, il aurait pu t'arriver n'importe quoi, c'est dangereux. Si tu voulais quelque chose, il fallait nous demander, sinon, on ne peut plus te faire confiance. »

Solène elle disait rien, elle me regardait. Elle attendait que j'explique à Maman pourquoi elle était partie. Mais moi je tournais la tête, je pouvais pas parler, je voulais pas que Papa m'en veuille et que Maman me gronde, je voulais pas, alors je n'ai rien dit. Et Solène, elle a eu de la peine.

Pendant une semaine, je n'ai plus pu la regarder, ni jouer avec elle, j'avais honte. Elle m'avait fait confiance parce qu'elle m'aimait, parce que j'étais sa grande sœur, parce qu'elle croyait que je la protégeais, que je ne lui ferai jamais de mal, et moi je m'étais débarrassée d'elle.

Solène, une heure plus tard, elle ne m'en voulait déjà plus. Son sourire était encore pire pour moi que si elle m'en avait voulu. Elle m'avait déjà pardonné, avant que je m'excuse, avant que je me rachète, avant que je n'aie plus honte.

Solène, elle était comme ça. Elle passait vite à autre chose. Elle m'aimait tellement qu'elle s'était dit que je devais avoir mes raisons pour lui avoir fait ça, et que ça avait dû me faire encore plus de peine qu'à elle.

Elle savait qu'elle n'avait pas besoin de m'en vouloir, je m'en voulais assez pour deux.

Solène, elle aurait rien dit à personne, jamais. Mais moi, au bout de dix jours, je ne supportais plus d'avoir ça en moi, alors j'ai tout raconté à Papa, qui a tout raconté à Maman. Ils m'ont juste dit de ne pas recommencer, qu'ils étaient quand même fiers que j'aie compris, et ils m'ont félicitée de leur en avoir parlé, même un peu tard.

J'ai couru dans la chambre de Solène. Je lui ai demandé pardon. Et avec sa petite tête toute maligne, elle a répondu : « Pardon ? Mais pour quoi ? »

Je l'ai prise contre moi et je lui ai fait un bisou sur ses cheveux en plumes. On s'est assises sur la moquette et on a joué aux Playmobil.

Quand Maman était enceinte, il y avait des aliments qu'elle ne supportait plus de manger. La sauce tomate lui faisait horreur, l'odeur, la couleur, tout. Elle ne supportait plus, et alors que j'adorais ça, on a arrêté d'en manger.

Et puis Solène est née, et on a refait des spaghettis bolognaise, mais moi, j'ai refusé d'en reprendre. Je voulais garder ça en moi, ça appartenait à Maman d'avant Solène, quand c'était que ma Maman à moi.

Mais Papa, il comprenait pas, alors un jour après des années sans sauce tomate, il a posé devant moi pour le déjeuner une assiette remplie de pâtes dégoulinantes de rouge, l'odeur était très forte. J'ai bloqué ma respiration, et j'ai dit que je n'en mangerais pas, jamais et que c'était comme ça. Et Papa il a répondu que je ne sortirais pas de la cuisine avant d'avoir fini. Mes yeux se sont brouillés de larmes, et j'ai crié que tant pis je resterais là jusqu'à en mourir, mais que je ne mangerais pas une bouchée.

Papa était très en colère, Maman était fatiguée, ils ont dit à Solène de sortir, et ils sont partis dans leur chambre.

Et moi je suis restée seule au monde, devant cette assiette monstrueuse, avec ces spaghettis gluants comme des pattes d'araignées. Je griffais les pâtes avec ma fourchette, mais je ne pouvais me résoudre à en mettre une seule dans ma bouche.

Je suis restée mille ans comme ça, il faisait de plus en plus sombre par la fenêtre de la cuisine. Et j'avais tant de peine, tant de rage, je pensais que plus rien ne serait comme avant, que je ne pardonnerais jamais à Papa de me faire ça. Et puis mon rayon de soleil est venu, ma petite souris discrète, Solène s'est faufilée, a pris une fourchette dans le tiroir, sans un bruit, sans un mot. Elle s'est mise à côté de moi et elle a dévoré. Les pâtes s'emmêlaient, se cassaient, tombaient, retombaient et Solène, vaillante, recommençait. Elle ne respirait pas non plus, pour que ça aille plus vite, et elle buvait des gorgées d'eau pour faire passer le tout.

Et puis elle a mis sa fourchette dans l'évier, elle a rangé sa chaise sous la table et elle est sortie humble et fière.

J'ai regardé l'assiette vide et j'ai pensé que j'avais la plus fantastique des petites sœurs.

J'ai tout laissé sur la table et je suis partie dans le salon. J'avais hâte que Papa vienne voir où j'en étais, qu'il soit d'abord furieux de ne pas me trouver dans la cuisine, et épaté après, de s'apercevoir que j'avais obéi, et que l'assiette était complètement vide.

Et puis Papa est venu me féliciter, je l'ai laissé croire ce qu'il voulait, et le soir à table, j'ai remercié Solène devant eux d'avoir mangé à ma place.

Papa était furieux, Maman lui a dit : « Laisse, laisse Paul, c'est pas très intelligent de forcer une môme à manger. Tant mieux si elles savent s'entraider, c'est plus important que d'aimer les spaghettis bolognaise. »

Moi je serrais la main de Solène sous la table, et je sentais que je l'aimais un milliard de fois plus que le matin ou la veille. Elle non plus, elle n'aimait pas ce plat, mais elle avait estimé que ça devait être pire pour moi, et parce que c'était ma sœur, elle ne m'avait pas laissée tomber. Elle avait su me délivrer de ma peine, comme ça, pour rien, juste pour moi.

Alors c'était devenu un jeu entre nous. On se passait les aliments sous la table, comme des gens qui trichent aux cartes, nous on trichait avec du fromage, des morceaux de viande, des asperges… tout ce qu'elle ne voulait pas arrivait discrètement dans mon assiette, et Papa et Maman ne disaient rien.

On était devenues des expertes, on savait chacune quel était le niveau de plaisir et de dégoût de l'autre. Alors, même si j'aimais fort un aliment, si je sentais qu'elle prendrait un tout petit peu plus de plaisir que moi, je le lui donnais sans hésiter. Et pour Solène, c'était pareil.

Sa joie me nourrissait plus que le gâteau au chocolat, plus que le poulet ou les Dragibus. Son sourire, sa langue sur ses lèvres, sa gourmandise étaient ma récompense.

Et quand elle me donnait quelque chose que j'adorais, Solène ne me lâchait pas des yeux, jusqu'à ce que je l'aie fini. Elle dégustait mon plaisir, elle se délectait du bonheur que j'avais.

Mais le problème c'est qu'on ne comprenait pas que tout le monde ne fasse pas pareil. Moi, je ne supportais pas de manger devant l'envie de quelqu'un. Alors, quand Solène et moi on emmenait notre goûter à l'école, on le partageait tellement, qu'on n'en avait plus pour nous. Et Maman, le soir, nous sermonnait : « Vous n'avez pas besoin de donner pour qu'on vous aime, les filles. Il faut être un peu égoïste dans la vie, sinon on se fait bouffer. »

Et moi, je répondais : « Tu comprends rien, ça me rend heureuse, je m'en fiche qu'ils m'aiment et Solène, c'est pareil. » Solène de répliquer : « Ouais, c'est pas pour ça. C'est pour nous, qu'on donne. »

Alors, Maman, en riant, appelait Papa...

« Paul, tu entends ? Je dois t'apprendre quelque chose, nos filles sont des saintes ! »

Et Papa d'arriver...

« Qu'est-ce que tu crois Ève, elles sortent de qui ? Hein ? Elles ont de qui tenir !

— Merci mon homme, tu es... »

Et Papa de l'interrompre :

« Mais je parlais de moi, Ève, de moi, c'est mon portrait craché ces filles ! »

Alors Maman faisait mine d'être déçue, elle se dégageait des bras de Papa, comme si elle était très fâchée. Et c'était le moment que je préférais. Papa se mettait à genoux, les bras en l'air, en déclamant une longue phrase toujours la même.

« Mon Amour ! Mon Ève ! Ma Perfection ! Laisse-moi croire que j'ai un peu de ta brillance… Misérable homme que je suis. Laisse-moi me mirer en toi, pour me voir un peu plus magique que je ne suis ! »

Maman détournait la tête

« Magique… Pfffffff ! Il va falloir trouver mieux mon p'tit bonhomme, ma déception persiste… »

Et là, bisous, câlins, câlins, bisous.

Eux, enlacés. Solène et moi autour, à les regarder s'aimer, et à les aimer encore plus.

Je me demandais si Maman mourait, est-ce que j'aurais mal autant que pour Papa, autant que pour Solène ? Est-ce que mon cœur avait pris le pli ? Est-ce que s'attendre à avoir mal, ça éradique la douleur ?

Et puis je me suis dit que de ne plus souffrir, c'était comme faire le grand écart. On n'y arrive pas du premier coup, mais si on s'entraîne, qu'on s'assouplit, qu'on explique à notre corps qu'il va réussir, un jour on arrive à descendre entièrement jusqu'au sol, sans même plus s'en rendre compte.

Peut-être que l'âme c'est comme le corps, il faut la muscler, la travailler, la modeler.

Maman, elle ne bougeait tellement plus, elle ne se levait plus depuis tellement longtemps, c'était comme si elle était un peu morte.

Je me demandais ce que ça changerait si ça

arrivait vraiment, et si je m'en rendrais compte. J'arrêtais pas de me demander qu'est-ce que je ferais après, qui j'appellerais, si j'aurais le courage d'embrasser la peau froide de Maman.

Et puis je me posais des questions, comment on sait que quelqu'un meurt, est-ce que ça se voit ? Et puisque Maman, elle était dans le noir, comment je verrais moi, si elle est vraiment morte ?

Alors je me suis dit qu'à moins de la toucher, je ne saurais jamais, et que si moi je ne savais pas qu'elle était morte, personne ne le saurait non plus, et si personne ne le savait, ce serait comme si Maman était toujours vivante.

J'arrêtais pas de me demander pourquoi on avait dû enterrer Papa et Solène, pourquoi on avait pas pu les laisser dans leur lit comme si de rien n'était. J'aurais bordé Solène, je lui aurais fait des bouillottes pour qu'elle reste toute chaude. Je lui aurais parlé comme avant, c'est juste qu'elle n'aurait plus répondu, c'est tout. Mais au moins, j'aurais pu la voir, la toucher et surtout la rassurer.

Je me demandais qui avait eu cette idée d'enterrer les morts, peut-être que c'était quelqu'un qui pensait que ça s'attrape, que la mort c'est comme une épidémie, que c'est contagieux.

Et puis, je me suis rappelé la voisine qui parlait de son chien, qui disait que quand l'âme s'en va, le corps pourrit, mais quand ? À partir de quand ?

Est-ce que c'est la mort qui ronge la peau, qui la dévore, qui la saccage, qui la troue ?

Et peut-être qu'il n'y a que les animaux qui réagissent comme ça, peut-être que Solène aurait gardé sa peau lisse de petite fille toute fraîche.

Au moins on aurait dû tenter, le temps de lui expliquer comment elle allait être enterrée, pourquoi, à côté de qui. J'aurais eu le temps de l'habiller confortablement pour qu'elle reste toute chaude, j'aurais eu le temps de l'embrasser, de lui dire que je l'aime, j'aurais eu le temps de pourrir aussi, et qu'on m'enterre avec elle.

La souffrance, c'est comme les courbatures, plus on se muscle, moins on en a.

Moi je voulais dompter ma peine, que plus rien ne me fasse mal, jamais.

Alors j'ai commencé à me faire croire que Maman était morte. Je me disais comme ça que je serais prête, que je ne serais plus surprise, que la mort ne pourrait plus m'avoir.

Je me forçais à ne pas entrer dans la chambre de Maman pendant toute la journée et je me faisais croire que je ne la reverrais plus jamais, que j'étais seule pour toujours et que c'était comme ça. Je souffrais, je me raisonnais, je me calmais, je pleurais et puis je cédais. Je courais dans sa chambre me coller contre elle et toucher son corps brûlant.

Ma Maman c'était la plus belle avant, la plus géniale, elle était drôle, ma Maman c'était une palette de peintre, un chaudron de couleurs, une aquarelle sucrée salée.

Moi je savais que ses bras seraient assez grands

pour m'entourer toujours, même si je devenais géante, ses bras seraient toujours adaptés à moi, pour me réchauffer. Comme les bras de l'inspecteur Gadget qui peuvent devenir immenses, pour attraper des objets.

Les bras de Maman c'était moi qu'elle attrapait. J'étais son objet, son truc à elle. Ma Maman, elle arrêtait pas de me dire que j'étais « Sa petite », alors je lui disais : « Et Solène c'est qui ? » et Maman, elle répondait : « Bah Solène, c'est ma toute petite !

— Et si je deviens très grande ?

— Eh bien, tu resteras toujours ma petite Léa, ma petite panthère blanche, mon petit pingouin glacé, ma libellule magique ! »

Alors moi ça me faisait rire, elle inventait n'importe quoi et je lui disais : « Et ton chat ? Non ? » Elle me serrait fort et elle chuchotait : « Trop banal pour toi ma Léa, n'oublie pas que tu es exceptionnelle ! »

Mais quand elle voulait me consoler, que j'avais de la peine à cause de quelque chose ou de rien, Maman elle sortait sa carte joker, c'était la seule qui l'avait. Papa il pouvait essayer mille ans de me consoler, y avait rien qui changeait. Il essayait tout, tentait tout : « Mon cœur... qu'est-c'que tu as ? » « Bon Léa ça suffit ! » « Léa, je suis là, tu veux qu'on parle ? » « Ma fille, moi aussi j'ai eu ton âge et... » « Ma princesse, je ne répéterai à personne, je t'écoute ! » « Mon cœur, qui t'a fait du mal ? Dis-moi, je le tue ! Je vais me raser en vitesse et après, je lui casse sa gueule ! C'est compris ? »

Et moi je faisais couler mes larmes encore plus, pour qu'il invente d'autres choses. Et sous mon rideau de pleurs, mon cœur vibrait d'amour pour lui.

Et Maman arrivait, elle m'emmenait loin de tous, elle me prenait dans un coin, elle m'asseyait sur ses genoux et elle touchait mes cheveux, très lentement, et elle chantait la plus belle chanson du monde. Une chanson qu'elle avait inventée rien que pour moi, et que personne n'avait le droit d'entendre, sauf moi.

Elle commençait par fredonner dans le creux de mon oreille, ça me chatouillait. Après, elle chantait dans mon cou, je gigotais de rire, et puis je collais ma tête dans son cou à elle. Elle continuait à me caresser les cheveux doucement, tout doucement. Elle essuyait mes larmes avec la pulpe de ses doigts et elle rechantait depuis le début avec toutes les paroles bien comme il faut, et quand c'était fini, elle murmurait : « Tu vois ma Léa, cette chanson elle est pour toi, et tu pourras l'offrir à qui tu veux. C'est une chanson spéciale, un peu magique, qui apaise, qui répare, et qui fait que la vie est un peu plus simple après. »

J'arrêtais pas de penser à cette berceuse, et je ne pouvais plus retrouver les paroles, comme si Maman l'avait enfermée en elle, depuis qu'elle était couchée. Impossible de la chantonner, impossible de me consoler avec ses mots, impossible de lui chanter à elle pour l'apaiser, impossible de lui offrir ma berceuse pour que sa vie soit un peu plus simple après.

Maman, elle disait que c'était marrant que ses deux filles, ses deux « L », soient tombées amoureuses de deux « K ».

Le soir où on était trop énervées pour dormir, elle nous racontait l'histoire merveilleuse de « La Princesse aux Deux Ailes et Son Cas de Prince Charmant ».

C'était pas du tout le conte de fées avec la Belle au bois dormant qui va être sauvée par le magnifique prince. Là, dans l'histoire de Maman, la princesse devait se servir de ses deux ailes magiques, car le prince était un tel cas de nullité qu'il ne pouvait pas la délivrer.

Chaque épisode était une nouvelle catastrophe provoquée par le prince pour atteindre son amoureuse.

Il inventait une catapulte, mais c'était lui qui se retrouvait coincé sur le toit de la tour, avec une peur atroce du vide. Le pauvre prince ne pouvait plus bouger, terrifié à l'idée de tomber. Et c'était la princesse qui allait le secourir avec ses magnifiques ailes, qu'elle s'était confectionnées en l'attendant.

Ce que j'adorais par-dessus tout, c'est que, même si le prince n'était pas génial génial, la princesse l'aimait toujours et lui pardonnait toutes ses maladresses.

Et Maman nous expliquait que le prince était aussi beau que la princesse, parce que, même s'il n'arrivait pas à la délivrer, il déployait toute son énergie et tout ce qu'il avait en lui, pour la retrouver. Et c'était ça l'important.

Je regrettais de ne pas avoir plus écouté Maman, quand elle expliquait comment la princesse créait ses ailes, avec quoi. Je me souvenais que Maman parlait d'impatience, de rêves, de magie mais ça ne suffisait pas pour faire des ailes solides, et ça, moi j'en avais de plus en plus besoin, des ailes solides pour aller délivrer Maman.

Pendant des jours et des jours, je me suis dit que peut-être que les ailes viendraient elles-mêmes, qu'elles pousseraient en moi quand j'en aurais très très besoin. Je regardais mon dos tous les matins, je remuais mes épaules, et quelquefois j'avais l'impression que mes os du dos étaient plus sortis, qu'ils se développaient.

Et puis les ailes ont pris de l'ampleur, je sentais qu'il fallait que je les déploie. Pendant une semaine, j'arrêtais pas de me dire que peut-être que mes ailes attendaient que je les aide, peut-être qu'elles étaient bloquées, qu'elles n'arrivaient pas à franchir ma peau, et qu'elles allaient s'abîmer si elles restaient trop longtemps compressées en moi.

Alors j'ai commencé à frotter mon dos très fort avec la pierre ponce de Maman. Je me disais qu'en affinant ma peau, je verrais apparaître mes ailes.

À chacune de mes douches, je frottais un peu plus fort, un peu plus longtemps.

Et puis je me suis rappelé d'un documentaire sur les ours, qu'on avait vu chez Mamie avec Solène. Un énorme ours qui se grattait le dos contre un arbre.

Et je me suis dit que c'était peut-être ça l'idée…

Alors, j'ai commencé à me frotter le dos contre les portes, mais c'était trop fin, j'avais peur que ça ne fasse sortir qu'une aile. Et qu'est-ce que j'aurais fait avec une seule aile, bah rien, j'aurais rien pu faire… Alors je grattais, un coup à droite, un coup à gauche et je me suis dit que j'allais mettre des années et que Maman, elle aurait le temps de mourir de chagrin.

J'ai eu l'idée de la moquette, je me souvenais qu'un jour j'avais traîné Solène dessus, et qu'elle s'était brûlé les genoux. Alors je me suis dit que mes belles ailes pourraient se frayer un passage si mon dos était brûlé, que la peau deviendrait toute fine, presque transparente. J'avais mal, mais c'était pas grave, j'entendais Mamie qui répétait dans ma tête « on n'a rien sans rien ma p'tite Léa » et ça me rassurait. Et puis mes ailes poussaient trop, de plus en plus, à l'intérieur de moi, j'avais peur qu'elles étouffent mon cœur.

Alors, j'ai pris le couteau à pain dans la cuisine pour les faire sortir d'un coup, les expulser. C'était dur d'atteindre mon dos, la lame se heurtait à mes épaules, se prenait dans mes cheveux. J'avais peur de me faire mal et d'entailler mes ailes, je savais qu'il fallait que je touche le bon endroit tout de suite. Je m'agitais, les bras en l'air, je n'arrivais pas, ma colère montait, j'avais chaud, je changeais de position. J'arrivais à rien et mes ailes poussaient, elles devenaient si lourdes pour moi, tout mon corps me faisait mal. Les dents du couteau entaillaient ma peau, pénétraient, la coupaient et mes ailes ne sortaient toujours pas. J'avais chaud, de plus en plus, crampes dans mes bras, larmes qui coulent et puis le sang... Je ne pouvais pas arrêter avant d'y arriver, je savais que je n'aurais plus la force de recommencer une autre fois, et que de toute façon ce serait pire après, de les faire sortir si elles grossissaient encore.

Je leur parlais, je leur disais que c'était le moment, que j'avais besoin d'elles, qu'il fallait qu'elles m'aident, qu'elles sauvent Maman, et les larmes coulaient et le sang... Et puis la douleur froide aiguë, du couteau dans mes plaies... Mal aux dents, mâchoires crispées, tête qui explose, larmes acides, sang brûlant... Le couteau tombe, corps à terre, mes cheveux s'insinuent dans ma peau, mon dos se vide de tout, les ailes ne sortent pas, elles sont recroquevillées si loin qu'elles n'ont pas senti mon désir d'elles.

Je pense à la princesse aux deux ailes et je n'arrête pas de me dire que si je n'ai pas les ailes, je n'ai peut-être pas de prince non plus, et que l'histoire de Maman c'était n'importe quoi, encore plus n'importe quoi que le pire des pires des contes avec la belle princesse et son amoureux parfait.

J'arrêtais pas d'en vouloir à Maman, et puis je m'en voulais à moi aussi d'y avoir cru, d'avoir cru que j'étais une princesse, et qu'un jour j'aurais des ailes, d'avoir cru à mon cas de prince charmant, d'avoir cru au conte de fées de Maman.

Pendant des milliers de jours qui ont suivi, je ne me suis plus lavée, j'avais peur que le savon ronge ma peau ouverte et entre trop profond en moi.

Pendant des milliers de jours, j'ai dormi sur le ventre comme ma Solène. Pendant des milliers de jours j'ai pleuré, en pensant à la princesse toute seule dans sa tour qui ne trouve plus ses ailes.

Et je me disais que les histoires pour les enfants c'est pire que la mort, c'est pire que tout, c'est pire que la pire des maladies.

C'est si doux, si drôle quand tout le monde est vivant, mais dès qu'il y a un mort, ça sert plus à rien. C'est juste du faux espoir, du faux blanc, du vrai noir, c'est juste une impression de pouvoir tout changer, c'est juste un mur, des ailes coupées, du seul, du rien, le plus grave des mensonges.

Juste après la mort de Papa, on est parties en vacances. Maman ne voulait pas rester dans l'appartement vide. Chaque bruit rappelait Papa, chaque endroit, chaque odeur. Elle est entrée dans notre chambre avec son grand sac de sport mauve, elle l'a posé sur le lit et elle a dit : « Les filles, prenez l'indispensable, on part. »

Solène et moi, on était tout excitées, elle a pris ses doudous, son faux rouge à lèvres, moi j'ai mis ma salopette avec plein de poches et on est parties.

Maman, elle pouvait pas rester à la maison, c'était pas possible, elle pouvait pas passer une nuit sans Papa pour l'aimer.

On a pris un train, et on est descendues au troisième arrêt, dans un tout petit coin. Y avait une boulangerie, la mer et notre hôtel, et ça nous suffisait. Pendant trois jours, on a rigolé comme des folles, comme si rien ne s'était passé et que Papa nous attendait à la maison. Trois jours de parenthèse, d'oubli, de gâteaux et de télé, de rires et de batailles d'oreillers, trois jours où on sautait sur le grand lit de la chambre, et où on prenait des bains interminables avec de la mousse qui débordait.

Solène et moi, on n'arrêtait pas de dire à Maman qu'on devrait vivre là, rester pour toujours, que c'était trop bien, et Maman répondait qu'on avait déjà raté trois jours d'école et que la vie c'est pas des vacances. Moi je lui disais qu'on pourrait changer d'école, qu'on pourrait avoir une ferme. Maman ça la faisait rire et puis on est rentrées. La gare. Le froid. Le vide. Le manque. Papa plus là.

Et Maman, elle souffrait, mais elle faisait semblant que tout allait bien. Elle riait fort, chantait tout le temps, mais sa voix n'était plus la même, claire et gaie. Il y avait des gerçures dedans, du verre cassé, du chagrin.

Elle essayait d'être normale, d'être la même, mais tout sonnait un peu faux. Ses gestes étaient trop larges, ses câlins trop longs. C'était plus la même Maman. C'était une Maman qui dort dans un lit trop grand, qui pleure sans personne pour lui essuyer ses larmes, qui parle de choses de grands sans personne pour lui répondre. C'était devenu une toute petite Maman avec trop de place partout, entourée d'un courant d'air glacial, et qui faisait semblant d'avoir chaud.

Avec Solène, on essayait de l'aimer encore plus qu'avant, on essayait de l'étouffer d'amour. Mais une Maman triste c'est dur à aimer, surtout si elle veut pas montrer qu'elle est triste.

Alors on avançait toutes les trois, bancales. Sans Papa, sans amoureux de Maman, sans mon nommeur de peluches, sans mon parieur à moi.

Après la mort de Papa, j'ai essayé de me rappeler comment c'était quand j'étais triste comme ça, sans raison, pour rien. Je me souvenais plus. Pourtant c'était si bon d'avoir un coup de cafard et de même pas savoir pourquoi, et que Papa et Maman me consolent pour rien, juste pour que ça passe et que mes rires reprennent.

J'arrêtais pas de toucher mon cœur, et j'essayais de me rappeler, comment il était avant, et de quelle couleur il était, je sentais qu'il s'était déplacé, qu'il était tombé un peu plus bas, lesté par ma peine.

Je me souvenais d'avant, où je décidais presque d'être triste, juste pour colorer la journée, pour lui donner un goût de froid et de chaud, de larmes et de douceurs.

Je descendais de mon lit, j'allais dans le salon pieds nus, Papa me disait d'aller mettre mes chaussons, et je ne bougeais pas, la bouche à l'envers, jusqu'à ce que Papa lève la tête et me dise : « Toi, t'as du chagrin ma Léa, t'as le cafard ma fille ! »

Mon cœur se contractait, Papa me serrait contre lui :

« Ma fille, elle a mal dormi, elle a un cafard gros comme… Comme quoi ? Comme ça ? »

Et il faisait une mesure avec ses doigts. Moi, je disais non avec ma tête.

« Un cafard gros comme… Comme ça ? »

Non avec la tête.

« Quoi, encore plus gros ? »

Oui avec la tête.

« Ne me dis pas que c'est le plus gros cafard de l'année, ne me dis pas ça ! »

Entre deux hoquets, je répondais : « Si… c'est… le… plus… gros.

— Bon, alors il faut sortir les énormes moyens, c'est ça ? Y a plus le choix ! Ève ? Léa a le trophée du plus gros cafard de l'année ! Qu'est-ce qu'on fait ? »

Maman arrivait de sa douche, les cheveux mouillés, très sérieuse.

« Paul, fallait bien que ça arrive un jour, notre fille toujours gaie, toute pétillante, fallait s'y attendre… Bon, il est gros comment ce cafard ? On sort plutôt *Aladin*, ou du gâteau aux noix, ou du cake aux olives, ou des coloriages… non… peut-être un feu de cheminée… Je sais ! On fait un gâteau aux noix, qu'on mange devant

Aladin, près du feu de cheminée ! Qu'est-ce que t'en dis Paul, ça éradique un cafard de quelle corpulence ? un gros, non ? »

Et Papa qui répondait : « Non je ne crois pas, pour un gros cafard comme ça, y a rien à faire. Il faut rester toute la journée à pleurer, sans bouger. »

Et moi je disais : « Non non, finalement, il est pas si gros que ça mon cafard, le gâteau de noix et *Aladin*, et le feu de cheminée ça ira très bien. »

Papa et Maman poussaient un soupir de soulagement, en chœur. Je m'asseyais entre eux. Et avant que Solène ne se réveille, je profitais de redevenir leur petite fille chérie, l'unique, la préférée.

Quand Solène est morte, je pensais qu'on ferait pareil, qu'on s'en irait Maman et moi quelques jours pour tout oublier. Je croyais qu'on se retrouverait toutes les deux, pour avoir moins mal. J'imaginais qu'après chaque mort, on a le droit à ses trois jours de bonheur avant de repartir dans la vie.

Mais il n'y a eu ni sac mauve, ni salopette à poches, ni petit hôtel, ni grand lit, ni mer. Pas de batailles de coussins, pas de rires, pas de câlins. Juste une boîte qu'on ferme hermétiquement à tout jamais. Une cave froide où les ongles jonchent le sol à force d'avoir griffé les murs.

Un bocal en verre où on suffoque.

On n'était même plus bancales, Maman et moi, on avait les jambes rompues, les os brisés.

Maman, elle avait encore rétréci, et elle était si loin dans son courant d'air, que j'avais beau la chercher, je ne la trouvais plus.

Le pire du pire, ça a été les premières vacances après la mort de ma Solène, les premiers jours où il n'y avait plus d'école, plus de raisons de sortir de la maison, plus l'importance de se lever, de s'habiller, de sourire.

Maman restait dans sa chambre, moi dans le salon, la télé allumée pour combler mon vide. Une vie sans rythme, sans notes, sans mélodie. Le jour qui se lève, le soleil qui se couche, la maison qui devient grise. Impression de respirer des morceaux de laine, du coton, du sable. Se heurter à un couvercle impossible à déplacer, la tête qui gratte, odeur de la nuit en plein jour, goût de la mort partout, Maman qui dort.

Je ne comprenais pas que Maman reste couchée comme ça, pendant tout ce temps, je ne comprenais pas qu'elle ne se batte plus, qu'elle se rende.

Je croyais que plus on dépense sa force, plus

on en a, que c'est à l'infini, qu'on ne peut pas en manquer, jamais.

Je sentais que les draps et les coussins étouffaient l'énergie de Maman, aspiraient sa volonté, amortissaient son courage ; et c'est pour ça que je voulais qu'elle se lève, qu'elle roule hors du lit, sur le tapis, qu'elle résiste, qu'elle affronte.

C'est comme si du lierre l'avait envahie, que des lianes solides se balançaient dedans, la ligotaient.

Maman était attachée en elle, séquestrée.

Son corps était vivant, mais son intérieur mourait.

Alors que Maman croupissait au fond de la vase, je refusais de me noyer, et je m'agitais, dans tous les sens. Je ne pouvais plus regagner le bord, je ne pouvais plus sauver Maman et j'étais fatiguée pour rien.

Demain tout serait pareil, et après-demain et dans dix ans... Se lever, se coiffer, aller à l'école. Avoir froid, avoir peur, craindre pour Maman qui dort.

Tous les jours parcourir le même chemin, de mon lit à sa chambre, me coucher contre elle, embrasser ses cheveux tièdes. Salle de bains, s'habiller, brosser ses cheveux, eau du robinet, ventre qui gargouille. Couloir dans le noir, cartable, porte d'entrée refermée le plus doucement possible. Pas rapides sur le tapis des escaliers, porte de l'immeuble, air froid, obscurité, cœur de glace. Boulangerie. Feu rouge. Traverser. Fleuriste. Tourner à droite. Coiffeur. Librairie. Feu rouge. Traverser. Café jaune. Tout droit. École. Et retour. Et tout le temps. Et chaque jour. Depuis mille ans.

Juste se faire croire que demain ça ira, que demain tout sera différent. Et ce tout ne cesse. Et ce tout recommence.

Se lever, embrasser Maman, s'habiller, eau qui coule, cheveux lâchés, couloir noir, froid, silence, rue, feu rouge, fleuriste, école et tourner à droite, et tourner à gauche, tourner et retourner, tourner en rond. Toujours ce même chemin, le corps comme un robot, la tête plus là, court-circuit du cerveau qui connaît, qui reconnaît, qui n'apprend plus. Les mêmes souvenirs, les mêmes pensées, repasser devant les peines, traverser aux éclats de rire, tourner à Maman, s'arrêter à Papa, reculer à Mamie, courir à Solène… à l'infini… à l'infini…

Vivre en boucle, dans une minuscule impasse, en croyant que le monde c'est ça.

Vivre ce qu'on connaît déjà, que l'histoire soit écrite jusqu'à la fin et devoir la lire et la relire, se heurter au point final.

Maille à l'envers, maille à l'endroit, filer, effiler, défiler, coudre, découdre, recoudre. Une toile d'araignée qui se nourrit d'elle-même, qui se consume, qui s'annule.

Envie de m'asseoir là, et de ne plus me relever. Jambes fatiguées de supporter cette peine, courir à l'envers, tomber dans un puits, ne plus pouvoir se rattacher à rien, pas de prise le long de ses parois d'ardoises glissantes.

Envie de m'asseoir là et que mon cerveau se vide, que ma mémoire m'échappe. M'allonger comme Maman. Ne plus rien attendre, ne plus espérer.

Soudain plus envie, être forcée, genoux à terre, prête à être fusillée.

Mon corps s'abat contre le carrelage froid de la salle de bains. Pensées qui s'écoulent en dehors de moi, qui inondent la pièce, qui me quittent.

Intérieur qui blanchit.

Léa, rose, vert, jaune poudrés.
Léa, couleurs pastel.
Léa se délave, déteint, décolore, disparaît.

Et puis c'est tout.
Le temps ne passe plus.
La Terre se fige.
Peau en marbre bleue.

Corps lourd fondu dans le sol.
Paupières scellées.
Anesthésie.
Coma blanc.

Et puis Maman m'a dit, que de son chagrin à elle, un jour elle ne m'a plus entendue, plus de bruit. Le matin, plus de bisou sur ses cheveux tièdes, plus de télé, plus de porte d'entrée, plus de pain de la cantine.

Tous ses repères de moi, partis, évanouis.

Alors elle a eu peur, elle a compris.

Elle a pensé à ses muscles, les a contractés un à un, a cherché en elle ce qui lui restait de vie, a rassemblé ses membres. Sa peur l'obligeait.

Elle a su franchir sa couette, abandonner son lit, pousser la porte.

Elle a su appeler « Léa Léa Léa ».

Elle a su parcourir la maison avec les fourmis dans ses jambes.

Elle a su me découvrir sur le carrelage, peau de givre.

Elle a su me prendre contre elle, même si je ne réagissais plus.

Elle a su supplier Dieu de me laisser à elle.

Elle a su pleurer pour moi. Juste pour moi.

Pompiers. Hôpital. Piqûres partout. Ouvrir les yeux.

Maman qui veille dans le fauteuil. Sourire. Manger. Remanger. Remarcher.

Ma main dans la sienne. Mon cœur contre elle.

Et Kévin, qui me dit qu'il m'aime, qu'il s'excuse, qu'il n'aurait pas dû. Il me dit qu'il avait si peur, qu'il avait besoin qu'on m'aide. Il me dit qu'il avait froid en lui, qu'il lui manquait mon âme, il me touche mes cheveux, il dit qu'ils sont doux et qu'il les veut pour toute sa vie.

Maman lave nos souvenirs. Eau de Javel sur nos peines, serpillière sur nos souffrances.

Maison qui s'éclaire, gâteau dans le four.

Photos de moi sur les murs,

Photos de Solène encore,

Papa un peu partout.

Maman debout.

Maison qui s'éclaire, le chaud qui revient.

Pas le chaud de Solène et de Papa, le chaud d'avant.

Non, un nouveau chaud, le chaud de Maman et Moi.

Créer une suite, franchir le point final.

Maison qui s'éclaire.

Maison qui revit.

Ne rien rattraper, ne rien recommencer, inventer, créer, construire.

Ne plus avoir peur de l'avant, de l'après.

Ne plus craindre le manque.
Le digérer. À deux.
Et puis grandir.

Merci à Jean-Christophe Grangé, mon île, pour la quatrième de couverture.
Merci à Nina pour son écoute précieuse et sans faille.

DU MÊME AUTEUR

Aux Éditions du Mercure de France

SANS ELLE (FOLIO N° 5022)

ILS L'ONT LAISSÉE LÀ

COLLECTION FOLIO

Dernières parutions

4781. Collectif	*Sur le zinc. Au café avec les écrivains.*
4782. Francis Scott Fitzgerald	*L'étrange histoire de Benjamin Button* suivi de *La lie du bonheur.*
4783. Lao She	*Le nouvel inspecteur* suivi de *Le croissant de lune.*
4784. Guy de Maupassant	*Apparition et autres contes de l'étrange.*
4785. D. A. F. de Sade	*Eugénie de Franval.*
4786. Patrick Amine	*Petit éloge de la colère.*
4787. Élisabeth Barillé	*Petit éloge du sensible.*
4788. Didier Daeninckx	*Petit éloge des faits divers.*
4789. Nathalie Kuperman	*Petit éloge de la haine.*
4790. Marcel Proust	*La fin de la jalousie.*
4791. Friedrich Nietzsche	*Lettres choisies.*
4792. Alexandre Dumas	*La Dame de Monsoreau.*
4793. Julian Barnes	*Arthur & George.*
4794. François Bégaudeau	*Jouer juste.*
4795. Olivier Bleys	*Semper Augustus.*
4796. Éric Fottorino	*Baisers de cinéma.*
4797. Jens Christian Grøndahl	*Piazza Bucarest.*
4798. Orhan Pamuk	*Istanbul.*
4799. J.-B. Pontalis	*Elles.*
4800. Jean Rolin	*L'explosion de la durite.*
4801. Willy Ronis	*Ce jour-là.*
4802. Ludovic Roubaudi	*Les chiens écrasés.*
4803. Gilbert Sinoué	*Le colonel et l'enfant-roi.*
4804. Philippe Sollers	*L'évangile de Nietzsche.*
4805. François Sureau	*L'obéissance.*
4806. Montesquieu	*Considérations sur les causes de la grandeur des Romains et de leur décadence.*
4807. Collectif	*Des nouvelles de McSweeney's.*

4808. J. G. Ballard	*Que notre règne arrive.*
4809. Erri De Luca	*Sur la trace de Nives.*
4810. René Frégni	*Maudit le jour.*
4811. François Gantheret	*Les corps perdus.*
4812. Nikos Kavvadias	*Le quart.*
4813. Claudio Magris	*À l'aveugle.*
4814. Ludmila Oulitskaïa	*Mensonges de femmes.*
4815. Arto Paasilinna	*Le bestial serviteur du pasteur Huuskonen.*
4816. Alix de Saint-André	*Il n'y a pas de grandes personnes.*
4817. Dai Sijie	*Par une nuit où la lune ne s'est pas levée.*
4818. Antonio Tabucchi	*Piazza d'Italia.*
4819. Collectif	*Les guerres puniques.*
4820. Patrick Declerck	*Garanti sans moraline.*
4821. Isabelle Jarry	*Millefeuille de onze ans.*
4822. Joseph Kessel	*Ami, entends-tu...*
4823. Clara Sánchez	*Un million de lumières.*
4824. Denis Tillinac	*Je nous revois...*
4825. George Sand	*Elle et Lui.*
4826. Nina Bouraoui	*Avant les hommes.*
4827. John Cheever	*Les lumières de Bullet Park.*
4828. Didier Daeninckx	*La mort en dédicace.*
4829. Philippe Forest	*Le nouvel amour.*
4830. André Gorz	*Lettre à D.*
4831. Shirley Hazzard	*Le passage de Vénus.*
4832. Vénus Khoury-Ghata	*Sept pierres pour la femme adultère.*
4833. Danielle Mitterrand	*Le livre de ma mémoire.*
4834. Patrick Modiano	*Dans le café de la jeunesse perdue.*
4835. Marisha Pessl	*La physique des catastrophes.*
4837. Joy Sorman	*Du bruit.*
4838. Brina Svit	*Coco Dias ou La Porte Dorée.*
4839. Julian Barnes	*À jamais* et autres nouvelles.
4840. John Cheever	*Une Américaine instruite* suivi de *Adieu, mon frère.*
4841. Collectif	*«Que je vous aime, que je t'aime !»*
4842. André Gide	*Souvenirs de la cour d'assises.*

4843. Jean Giono	*Notes sur l'affaire Dominici.*
4844. Jean de La Fontaine	*Comment l'esprit vient aux filles.*
4845. Yukio Mishima	*Papillon* suivi de *La lionne.*
4846. John Steinbeck	*Le meurtre* et autres nouvelles.
4847. Anton Tchékhov	*Un royaume de femmes* suivi de *De l'amour.*
4848. Voltaire	*L'Affaire du chevalier de La Barre* précédé de *L'Affaire Lally.*
4849. Victor Hugo	*Notre-Dame de Paris.*
4850. Françoise Chandernagor	*La première épouse.*
4851. Collectif	*L'œil de La NRF.*
4852. Marie Darrieussecq	*Tom est mort.*
4853. Vincent Delecroix	*La chaussure sur le toit.*
4854. Ananda Devi	*Indian Tango.*
4855. Hans Fallada	*Quoi de neuf, petit homme ?*
4856. Éric Fottorino	*Un territoire fragile.*
4857. Yannick Haenel	*Cercle.*
4858. Pierre Péju	*Cœur de pierre.*
4859. Knud Romer	*Cochon d'Allemand.*
4860. Philip Roth	*Un homme.*
4861. François Taillandier	*Il n'y a personne dans les tombes.*
4862. Kazuo Ishiguro	*Un artiste du monde flottant.*
4863. Christian Bobin	*La dame blanche.*
4864. Sous la direction d'Alain Finkielkraut	*La querelle de l'école.*
4865. Chahdortt Djavann	*Autoportrait de l'autre.*
4866. Laura Esquivel	*Chocolat amer.*
4867. Gilles Leroy	*Alabama Song.*
4868. Gilles Leroy	*Les jardins publics.*
4869. Michèle Lesbre	*Le canapé rouge.*
4870. Carole Martinez	*Le cœur cousu.*
4871. Sergio Pitol	*La vie conjugale.*
4872. Juan Rulfo	*Pedro Páramo.*
4873. Zadie Smith	*De la beauté.*
4874. Philippe Sollers	*Un vrai roman. Mémoires.*
4875. Marie d'Agoult	*Premières années.*
4876. Madame de Lafayette	*Histoire de la princesse de Montpensier* et autres nouvelles.

4877. Madame Riccoboni	*Histoire de M. le marquis de Cressy.*
4878. Madame de Sévigné	*« Je vous écris tous les jours... »*
4879. Madame de Staël	*Trois nouvelles.*
4880. Sophie Chauveau	*L'obsession Vinci.*
4881. Harriet Scott Chessman	*Lydia Cassatt lisant le journal du matin.*
4882. Raphaël Confiant	*Case à Chine.*
4883. Benedetta Craveri	*Reines et favorites.*
4884. Erri De Luca	*Au nom de la mère.*
4885. Pierre Dubois	*Les contes de crimes.*
4886. Paula Fox	*Côte ouest.*
4887. Amir Gutfreund	*Les gens indispensables ne meurent jamais.*
4888. Pierre Guyotat	*Formation.*
4889. Marie-Dominique Lelièvre	*Sagan à toute allure.*
4890. Olivia Rosenthal	*On n'est pas là pour disparaître.*
4891. Laurence Schifano	*Visconti.*
4892. Daniel Pennac	*Chagrin d'école.*
4893. Michel de Montaigne	*Essais I.*
4894. Michel de Montaigne	*Essais II.*
4895. Michel de Montaigne	*Essais III.*
4896. Paul Morand	*L'allure de Chanel.*
4897. Pierre Assouline	*Le portrait.*
4898. Nicolas Bouvier	*Le vide et le plein.*
4899. Patrick Chamoiseau	*Un dimanche au cachot.*
4900. David Fauquemberg	*Nullarbor.*
4901. Olivier Germain-Thomas	*Le Bénarès-Kyôto.*
4902. Dominique Mainard	*Je voudrais tant que tu te souviennes.*
4903. Dan O'Brien	*Les bisons de Broken Heart.*
4904. Grégoire Polet	*Leurs vies éclatantes.*
4905. Jean-Christophe Rufin	*Un léopard sur le garrot.*
4906. Gilbert Sinoué	*La Dame à la lampe.*
4907. Nathacha Appanah	*La noce d'Anna.*
4908. Joyce Carol Oates	*Sexy.*
4909. Nicolas Fargues	*Beau rôle.*
4910. Jane Austen	*Le Cœur et la Raison.*
4911. Karen Blixen	*Saison à Copenhague.*

4912. Julio Cortázar — *La porte condamnée* et autres nouvelles fantastiques.
4913. Mircea Eliade — *Incognito à Buchenwald...* précédé de *Adieu !...*
4914. Romain Gary — *Les trésors de la mer Rouge.*
4915. Aldous Huxley — *Le jeune Archimède* précédé de *Les Claxton.*
4916. Régis Jauffret — *Ce que c'est que l'amour* et autres microfictions.
4917. Joseph Kessel — *Une balle perdue.*
4918. Lie-tseu — *Sur le destin* et autres textes.
4919. Junichirô Tanizaki — *Le pont flottant des songes.*
4920. Oscar Wilde — *Le portrait de Mr. W. H.*
4921. Vassilis Alexakis — *Ap. J.-C.*
4922. Alessandro Baricco — *Cette histoire-là.*
4923. Tahar Ben Jelloun — *Sur ma mère.*
4924. Antoni Casas Ros — *Le théorème d'Almodóvar.*
4925. Guy Goffette — *L'autre Verlaine.*
4926. Céline Minard — *Le dernier monde.*
4927. Kate O'Riordan — *Le garçon dans la lune.*
4928. Yves Pagès — *Le soi-disant.*
4929. Judith Perrignon — *C'était mon frère...*
4930. Danièle Sallenave — *Castor de guerre*
4931. Kazuo Ishiguro — *La lumière pâle sur les collines.*
4932. Lian Hearn — *Le Fil du destin. Le Clan des Otori.*
4933. Martin Amis — *London Fields.*
4934. Jules Verne — *Le Tour du monde en quatre-vingts jours.*
4935. Harry Crews — *Des mules et des hommes.*
4936. René Belletto — *Créature.*
4937. Benoît Duteurtre — *Les malentendus.*
4938. Patrick Lapeyre — *Ludo et compagnie.*
4939. Muriel Barbery — *L'élégance du hérisson.*
4940. Melvin Burgess — *Junk.*
4941. Vincent Delecroix — *Ce qui est perdu.*
4942. Philippe Delerm — *Maintenant, foutez-moi la paix !*
4943. Alain-Fournier — *Le grand Meaulnes.*
4944. Jerôme Garcin — *Son excellence, monsieur mon ami.*
4945. Marie-Hélène Lafon — *Les derniers Indiens.*

Composition : Daniel Collet, Paris
Achevé d'imprimer
par Novoprint
à Barcelone le 17 janvier 2010
Dépôt légal : janvier 2010
ISBN 978-2-07-040257-1 / Imprimé en Espagne

171302